空房 THE CONDO 禁地

鍾靈 著

Death is infectious...

空房禁地

THE CONDO

Death is infectious...

CONTENTS

本故事情節、人名均為虛構
如有雷同，純屬巧合

第一章

交錯而成的黑暗

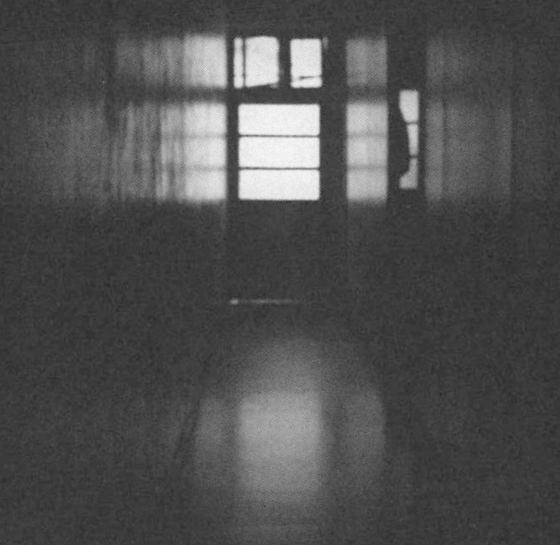

Hatchet

疲倦。

如果有任何指標可以用來測量她的疲倦，那麼數據一定破表。那種異樣的疲倦並非生理上的，不是什麼爆肝還是肌肉痠痛，而是一種永遠不會結束的恐怖重複。一般人可能無法理解……即使表面裝作理解，打從心裡同情，但依舊無法對她的疲倦感同身受。

日復一日做著同樣的事已經十年了，她幾乎失去了對時間的感覺。不管是昨天也好今天也好明天也好，統統一模一樣。不管她幾歲，又過了幾次生日，重複的生活依舊重複著。

她很怕看到水族箱裡的魚。總覺得那就是自己，在固定的地方巡游，來回在同樣的地方。

如果可以的話，她想結束這種生活。她有時很佩服自己的耐力，跟老早就逃之夭夭的丈夫比起來，她一個人撐了十年。十年，這樣還不夠嗎？即使她前生或今世曾經犯過什麼大錯，這十年來的折磨也夠了吧。

她應該逃走，或者做點別的來終止這一切。

環視屋內，刷得慘白的牆如今變得污穢不堪，指印、塗鴉……長年使用的電燈開關周圍已經變得灰黑。坐在冰冷磨石子地上的她，像個孩子似地伸直雙腳，微微搖晃擺動著。該結束了。不管這苦難折磨的到底是誰，就當作這是她能為孩子們做的最後一件事吧。她不是狠心的媽媽，只是比較有先見之明而已。

一手撐著古老的磨石子地，她緩緩站起，起初腳有些發麻，但活動一會兒便靈活自如了。她想起當作儲物室的小房間裡，丈夫留下的工具箱，箱裡有把短柄斧。

生活在台北市的人，會有什麼機會用到短柄斧？

她曾經這麼嘀咕過。然而此時，她對那負心又逃避責任的丈夫產生了一絲絲感激。看來當初他的任性並非完全不可取。那時如果不是丈夫發脾氣，她絕不會同意買下那組工具箱的。

Commission

一隻肥厚的大掌突然按在他的肩上！

「怎麼樣？古亭站那邊的套房成交了嗎？」店長大力拍拍他的肩。

「呃，是有兩組客人在談啦，不過都還沒付斡旋。」

「小徐你這樣不行啦！太不積極了。」店長叼著菸，完全無視於三人以上辦公空間不得吸菸的規定，呼呼地噴出難聞的菸味，「上個月你也沒有案子成交。」

他本想回應一句：最近景氣眞的很差。但他知道店長的死個性，這只會換來無盡的嘮叨而已。不是叫他別拿景氣當藉口，要不然就是訓斥他不夠拚，不肯多帶幾組客人去看屋。算了，還能怎麼樣。

幸好，在他想出如何應對之前，擺在桌上的手機嗚嗚地震動起來，他迅速拿起手機，按下通話鍵。

「您好。」他中氣十足，刻意使用愉快的語調。

「請問是徐祐慶先生嗎？」

「是的，我是。」

「你好，我是住在你樓上的黃太太。」

他頓覺失落，本以爲是客戶來電，但仍保持禮貌。「是，黃太太有什麼事嗎？」

「我記得你是在房仲公司上班，對嗎？」

他陡然精神一振，彷彿嗅到了幾分商機，「是的，我在愛家房屋服務。有什麼可以爲妳效勞的地方嗎？」

黃太太在電話那端笑了，「我想賣房子。」

「賣房子，是的……您是指現在住的這裡嗎？還是……」

「就是現在住的地方，你下班之後就順道上樓來看看吧。」她不疾不徐地說，「我想來想去，這件事還是拜託你好了。」

「謝謝，謝謝。」祐慶連道了兩次謝，「我下班回去時會帶委託合約給您。」

「好，到時候見。」

掛上電話之後祐慶重新打起精神。怪不得之前總聽到樓上在敲敲打打，八成是在重新粉刷裝潢，修整修整之後，賣相好，價錢也能提高一點。

「接到新案子啦？」店長又問。

「是啊，我現在租房子的地方，樓上要賣。」

「喔，那裡交通便利又很熱鬧，離夜市和大學也不遠，應該是好物件。」店長畢竟是店長，一下就抓出了銷售重點。他再度用肥厚的手掌拍了拍祐慶，「這次要加油啊！別在鄰居面前丟臉，人家可是信得過你才把房子交給你賣。」

「我知道。」祐慶臉上撐著笑容，在心裡臭幹爛譙著店長祖宗十八代。

祐慶住的地方是棟屋齡約三十年的老舊公寓。外行人買房子喜歡新成屋或預售屋，其實真正划算的是老公寓，低公設，坪數足又方正，而且建材實在。本來祐慶在入行前根本無法理解中古屋市場，不過經過這陣子訓練，他很清楚想要買到價錢合理使用空間又大的房子，最好就是選擇老公寓。

下班後，祐慶站在公寓前，拿出新買的數位相機，拍了幾張外觀的照片。這棟公寓是四層樓的雙併建築，一層兩戶，格局左右對稱，每戶都有三十八坪大，這還不包括前後陽台。跟現在新蓋好的鳥籠大廈相比，這裡除了沒有電梯和管理員之外，可以說是寬敞又便宜。附近還有一所公立大學，如果有空房間可以租給大學生，實在很划算。

想著想著，祐慶突然盤算起自己的存款和財產。前年父親過世時領到了一大筆保險金……如果能拿來買房子……

他抬起頭，看著黃太太打算要賣的那層，過了一會兒，他的視線轉向天際。黃昏的天空愈來愈暗，深紫紅色的雲朵凝滯不前。

For Sale

門鈴在傍晚時分響起。她將濕漉漉的雙手在圍裙上抹乾，快步走向大門。從防盜孔往外看，是住樓下的徐先生沒錯。

「黃太太，妳好。」

徐先生滿臉笑容，穿著制服似的白襯衫和黑長褲，提著房仲業務必備的黑色公事包。

天氣似乎有點悶熱，徐先生的額上有著細微的汗。

「請進。啊，不用脫鞋。」她微笑著請徐先生進屋。

「不好意思，」徐先生客氣地走進屋內，打量著環境，「黃太太怎麼突然想到要賣房子呢？」

她一面倒茶，一面說道：「我的孩子們要到高雄去讀特殊學校，所以要搬到高雄去。反正這房子空著也是空著，想說賣掉之後，再到高雄去買一間。」

「喔，難怪這陣子都沒看到令公子了。」徐先生想起黃家的兩個兒子似乎都有殘疾。說好聽是殘疾，一般人都稱之爲智能障礙。

「是啊，他們已經先到高雄我娘家去住了。」

「原來如此。」

「請用茶。」

「謝謝。」

她在徐先生對角坐下，說道，「徐先生你就住樓下，對這裡的屋況應該再清楚不過，所以我考慮過，交給你來賣最適合了。」

徐祐慶淺嚐一口茶，很贊同似的點頭，「是啊，不管來看屋的客人有什麼問題，我都能直接回答。而且客人一聽到我住這裡，一定也覺得這房子不會有問題。」

她不自覺地笑得更深，「對啊，看屋的客人會很相信你，也會覺得這房子沒問題……對了，全屋子都重新粉刷過了，原本貼的是壁紙，現在全都用油漆。我帶你去看看屋況吧。」

「好，那就麻煩妳了。」徐先生放下茶杯，站起身來。

不知道徐祐慶先生原本就如此認眞，還是看在鄰居的份上所以特別起勁，她有種放心的感覺。徐先生非常謹愼地了解屋況，手上拿著捲尺量量這裡量量那裡……看來這次是找對人了。她在心裡想著。

快到晚飯時分，徐先生終於談到了這次交易的重點：開價。她不要求太高的價格，只希望能快點變現。

「我想早點處理好，然後再到高雄買一間。」她表達得很清楚，相信徐祐慶先生能夠理解。

徐祐慶十分贊同似地點點頭，從提包中拿出合約。他爽朗一笑，「您放心，包在我身上！」

Greed

雖然黃太太開出的價格平易近人，但是祐慶回家之後算了一整晚，就連死去父親的保險金都加進去，也還差一百萬左右。

他本想直接向樓上的黃太太開口，表示自己想買下她的房子，不過他和黃太太並不熟，僅止於互換過電話號碼，以方便聯絡的程度。祐慶不確定是不是該直接表明自己購買的意願。

祐慶看著電腦螢幕，一旁擺著計算機。他猶豫著是否應該向朋友們周轉湊錢來買房子，另一方面，他幾乎可以預期，當他一開口，所謂的「朋友」應該全都施展出瞬間移動的伎倆，逃得一個都不剩……

這怪不了別人。換作是朋友來向自己借錢，自己也會假裝沒聽到，飛快地逃之夭夭。唉，什麼兩肋插刀……當作笑話聽聽就好。

祐慶感覺眼睛有點發痠。

擺在一旁床上的手機忽然響了起來。祐慶一面揉著眼，一面接起手機。來電的人是同事兼學長的沈維先。

「喂，學長。」

「祐慶啊，你在幹嘛？」

「沒幹嘛啊。」

沈維先的聲音夾雜著幾絲疲倦，和平常活力十足的語氣判若兩人。「一個人在家嗎？」

「是啊。學長，你怎麼啦？喝酒了？」

「嗯，喝了一點。」

「怎麼了？跟女朋友吵架？」

祐慶知道沈維先的女朋友是個敗家女，整天只會吵著要錢買名牌，也不想想自己長得那麼本土，就算身上掛滿眞品香奈兒，旁人也只會覺得是假貨。

「沒有啦，就是有點煩。」

「學長你就直說咩。」

「我前陣子接了個案子，在溫州街的電梯大廈要賣。本來今天下午成交要準備簽約了，結果沒想到被人扯後腿。」沈維先牢騷滿腹，「媽的！我們店裡那個姓郭的王八蛋，竟然跑去凶宅網上PO文，自己揑造資料，說那間房子以前有人自殺！」

「什麼？！太誇張了吧。」

「結果後來，買方知道了，也懶得查證，就要求退回訂金，說不買了。幹！眞倒楣……那明明就是假的嘛！只是來不及去證明……」

祐慶聽到在手機的另一端，沈維先又喝了一大杯酒。他安慰道：「學長，你就再去和買方談一談吧。」

「唉……」沈維先長嘆，沉默了幾秒，「我有插撥，先這樣吧，改天再出來喝一杯。」

「好，再見。」祐慶掛上電話後，把手機往床上一扔。

眞累。沈維先和同事處不好的事時有耳聞，在業績就是一切的房仲業來說，這次的事無疑是致命傷。目前看來好像只是沒辦法成交而造成損失，可是如果買方心生不滿，認定沈維先是故意要賣凶宅給買方，如此一來就會引起軒然大波，損及商譽。弄到最後，如果沒辦法證明是別人嫁禍，也許沈維先還會丟掉工作。

學生時代只覺得校園裡的勾心鬥角討人厭，沒想到出了社會之後，這種情況只會變本加厲。即使原本單純的人，也會爲了自保而逐漸走樣。難怪有人說學校生活是社會化的第一步，原來校園生活裡的人際問題，就是提前讓學生適應出社會之後的生活。

裕慶躺上床，閉著眼，但思緒仍十分清晰。

「凶宅……」他喃喃自語，「要是接到凶宅的案子……那就麻煩了……不！」他猛然睜開眼，雙目瞪得極大，「凶宅就一定會低價出售，而且也會乏人問津！想要用便宜的價格買到黃太太的房子，最好的辦法就是……」

祐慶一骨碌翻身下床，衝回電腦前，用Google搜尋了凶宅網站。出乎意料，某些凶宅網對於登錄凶宅資料的查證非常嚴格。最後，祐慶在一連串的搜尋列表裡找到了輕易就能登錄凶宅資料的網站。

電腦螢幕閃過一片黑色進站動畫，在全黑中逐漸浮現八個紅色小字：

歡迎光臨死亡之家

第二章

吉屋出租

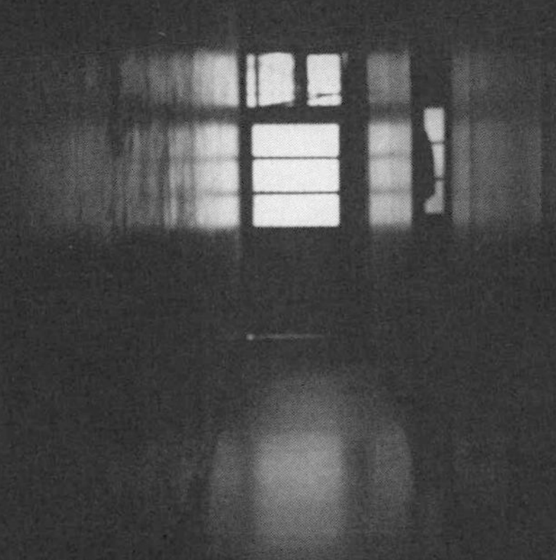

Freshman

砰一聲甩上車門，佳燕怒火中燒地瞪著坐在敞篷車駕駛座上的子鴻，「都是你啦！害我大學生涯的第一天就差點遲到！」

子鴻沒辦法，抓抓頭，「對不起嘛……快點進教室去吧，下午我再來接妳。」

佳燕哼了一聲，快速向前走了兩步但隨即又停下來，轉身問道：「今天你不是要到網球社去嗎？哪會有空來接我？」

「啊，也對。」

「哼！沒信用兼沒大腦。」啊啊，好想揍扁這個傢伙！

「喂，潘佳燕同學，總之妳一下課就打電話給我，我可以在放學後的社團活動開始前先過來接妳呀！聽到了沒啊？潘佳燕同學學學～」

已經走遠的佳燕回頭狠狠一瞪，做出了「看老娘一拳打死你」的手勢之後，子鴻才終於停止他那自行製造的人工迴音。

雖然佳燕和子鴻的對話既不浪漫也不甜蜜，但無損於兩人之間的感情。在大家的眼裡這是一對很怪異的戀人——不過，最怪異之處就在於，佳燕和子鴻並不承認他們正在戀愛中。

直到佳燕走進乳白色外觀的教學大樓，子鴻才重新發動車。

基本上會在空氣品質差勁又不能飆車的台北市裡開敞篷車，本身就是一件奇怪的事，這也難怪在眾人眼中佳燕和子鴻這對怪咖可說是天上一對地下一雙的絕配。

今天是佳燕大學開學第一天。高三時猶豫了很久，不知道該念什麼科系好，後來在子鴻的驚人一語後，佳燕選擇了這所老學校的戲劇系。

「妳那麼喜歡看恐怖片，不如去拍恐怖片好了。」子鴻當時如此說道：「而且就算長得不漂亮當不了被追殺的女主角，也可以演鬼啊。」當然，子鴻說完後被佳燕狠狠地捏了好幾下，手臂上的瘀痕據說過了兩個星期才消。

不過也因此佳燕下了決定，選擇了戲劇系。反正大學學什麼跟畢業之後的工作不見得會有關嘛，何況父母也未曾反對，於是佳燕就以極高的分數進入了戲劇系。

一走進教學大樓，強勁的冷氣馬上吹乾了後頸的汗珠。佳燕拿著印好的課表和平面圖四處找尋著第一堂課「電影概論」的教室。好不容易在鐘響之前衝進了教室，佳燕隨便找了個位置坐下，準備開始這具有紀念意義的第一堂課。

「潘佳燕同學，妳好。」一名男生的聲音傳來。

「歐陽……」佳燕有種想捶腦袋的衝動，「我們在新生入學訓練有見過對吧？你是歐陽、歐陽……」啊，歐陽什麼，竟然想不起來。

那名男生有點失望，但還是微笑，「我是歐陽渠風，我的名字是不太好記。妳旁邊有人坐嗎？」

「沒有。請坐。」佳燕連忙把包包拿開。

「謝謝。」名叫歐陽渠風的男生笑起來很陽光，穿著潮T和牛仔褲，頭髮用髮蠟抓出型來，十分帥氣。「妳是因爲想當演員才來讀戲劇系的嗎？」

「不是耶……」佳燕答道，「我比較想當導演。」

「導演？想效法李安成爲台灣之光嗎？」

「比起來我寧可當王晶，帶來歡樂和笑聲。哈哈，沒有啦，我只是想研究一下如何拍出好看的恐怖電影。」

「這麼說妳很喜歡恐怖電影囉？」歐陽渠風問道。

「嗯，高中時代很喜歡……後來清醒多了，不過還是偏好恐怖電影。」說到這裡，佳燕還是不由自主地冒出冷汗。

又想起了高中時發生的那件事[1]……詠欣瘋了，還有死去的其他同學……那陣子，如果不是子鴻在，佳燕可能也很難熬過強烈的心理壓力吧。唉，像子鴻那樣粗線條兼沒神經的傢伙眞好，完全沒被影響到……最多就是那陣子不吃紅肉而已。

就在佳燕陷入沉思時，講課的教授走進了教室。大家紛紛安靜下來，拿出了筆記本和文具用品。

這是佳燕大學生活值得紀念的第一天的第一堂課，

不知道爲何，她衷心地期盼大學四年可以安然無恙地度過，

別再像高中那樣……

❶ 請參閱拙作《鬼校怪談之八號置物櫃》，春天出版。

The House

說起子鴻當初堅持要買敞篷車的理由，也許所有人都會覺得很蠢。基本上這是子鴻童年時的夢想：在寬廣無人煙的灰色公路上，他駛著敞篷跑車飛嘯而過，副駕駛座上的是他命中註定的戀人。當然，佳燕聽完子鴻陶醉其中的敘述後，根本就嗤之以鼻。

子鴻看看錶，佳燕應該在十五分鐘前就放學了，不過很有可能忙著和剛認識的同學建立感情吧。反正接下來也沒什麼急事要辦，有的是時間慢慢等。

又過了一會兒，佳燕和同學一起走出了校門。目送同學離開之後，佳燕才慢慢走向子鴻的車。

「等很久了嗎？」

「還好。」

「今天不是要去網球社嗎？」佳燕狐疑。

子鴻訕笑，「我忘了今天是開學第一週，社團活動還沒開始。」

「……可憐的網球社學弟妹……竟然遇到你這種指導老師。」

「妳對我有什麼不滿啊？我可是人氣很旺的呢。光是今年情人節就不知道收到多少張女生寫來的卡片，還有巧克力。」

「那你就去找那些愛慕你的小妹妹啊。」佳燕扮了個鬼臉。

「……好啦，開個玩笑嘛。接下來要去哪裡？」

「在這附近繞繞吧，要找房子。」

子鴻一邊發動車，一邊吃驚地問：「本來不是說好就住家裡嗎？為什麼突然要找房子？」

佳燕聳肩，「我忘了告訴你，昨天晚上我爸媽說，我爸要被派到瑞士六年，所以我媽想把現在住的房子租給我舅舅一家人。可是如果我也住在家裡，就會很擠……而且我舅的小孩都還沒上小學，我一定會被吵死……」

「所以妳就說妳要搬出去住？」

「我沒有主動提喔！是我媽在問要不要乾脆在學校附近租一間套房，反正你也知道，雖然同在台北市，但我家離學校那麼遠，沒公車又沒捷運，總不能天天叫你接送吧。」

「我很樂意啊，天天接送有什麼關係？」

「問題是我不想在大熱天和颱風天裡坐敞篷車……」

「什麼?這輛車明明就有可以升起來的——」

佳燕大笑，「開玩笑的啦……幹嘛這麼認眞呢?」

「竟然拿我的童年夢想開玩笑!」

「哼，小氣。」

子鴻駕著車在學校附近的夜市周圍繞了繞，後來看到一家房屋仲介，對找房子根本毫無耐心的兩人，於是停好車，走進了房屋仲介公司。

「您好!找房子嗎?」

年紀看起來跟子鴻差不多的帥氣男子帶著微笑迎接兩人，白襯衫上掛著約三公分長的銀色名牌，上面寫著:「業務・徐祐慶」。

「我們想找學生雅房或套房，最好是限女性的。」子鴻說道。

「喔!小姐是大學生吧?」

徐祐慶的視線不知道爲何極快地掃過店裡。大概是吃飯時間，而且也晚上七點多了，所以店裡沒有其他人。

「對，所以要找離學校近一點的。」子鴻問道，「您是不是要下班了？」

「喔，沒關係，我今天剛好加班在整理合約。」徐祐慶從某張桌上抽出一份文件，放在會客用的玻璃圓桌，「老實說，我現在住的地方正在招租。」

Tenants

開學後一星期，佳燕總算收拾好所有「家當」，和子鴻一起搬到了租屋處。新租的套房離學校和夜市很近，雖然是棟外表很古老的公寓，可是室內經過重新粉刷和佈置，連傢俱都是全新的。

整戶大約有四十坪左右，隔成兩大房一小房，最大的房間是房東徐先生和女朋友的，佳燕租下的是第二寬敞，但附有衛浴的房間。最小的一間據說也是同校的女生租下。

原本子鴻有點介意和房東一起同住。再怎麼樣佳燕也是女孩子，他無法不擔心，不過在搬家那天，他看到了房東徐先生那位明顯懷了身孕的女友維凌之後，似乎安心了一點。而且最重要的是，佳燕看了房子之後非常喜歡。

「呼，沒電梯的公寓，搬起東西還眞累人。」佳燕左右手各提一袋書，慢慢地登上最後一階。

忽然，樓梯間緩緩閃過一束黑影，好像是從通往頂樓的樓梯往下飄，佳燕被嚇了一跳，定睛一看，原來是位老婆婆。

老婆婆很矮，彷彿縮水似的佝僂著，灰白稀疏的頭髮勉強在後腦綁成髮髻，身上穿著素面黑色寬旗袍，腳上也是黑布製成的，看起來像是二〇年代的老繡花鞋。老婆婆臉上盡是皺紋，眉毛幾乎已經看不見了，給人一種半風化狀態的錯覺。

「呃，」佳燕擠出笑容，「婆婆您好，我這個……我今天剛搬來……」

老婆婆抬頭，佳燕這才注意到她的眼珠帶著灰濛，老婆婆用灰白的眼珠注視佳燕數秒，那張乾癟的臉似乎非常辛苦地拉動著臉部所剩無幾的肌肉，露出了有點可怕的笑容。

老婆婆指著樓梯間一扇紅色的門，「我就住這裡。」聲音不大，但聽起來倒是十分清楚，沒有一絲閩南語腔調，國語很標準。

「是，您好。」

這時抱著大紙箱的子鴻也爬上了四樓，「……怎麼傻傻站在這裡？」

「喔，沒有啦，跟鄰居的婆婆打招呼。」

佳燕才剛說完，就聽到砰一聲。眼前那扇紅色大門似乎以異常快的速度開啓又關上。

老婆婆已經不見蹤影。

「怎麼了？」子鴻問。

佳燕聳聳肩，「沒什麼……老雖老，可是行動倒很敏捷。」

「總之，快點進去吧，我的手要斷了。」

「唔，知道啦。」

整理完幾個紙箱，把所有東西都歸位之後，佳燕和子鴻聽到了隔壁房間也傳來人聲。

佳燕走到隔壁房間，輕輕敲門。

「有人在嗎？」佳燕問道。

過了一會兒，一名長髮飄逸的女孩打開了門。「嗯？」

「妳好，我是住隔壁的室友，我姓潘，名叫佳燕。」

「嗨，妳好，很高興認識妳。叫我安妮就可以了。」

名叫安妮的女生個頭很高，大約有一百七十公分左右，皮膚白淨，有張不輸給名模和偶像的漂亮臉蛋，黑髮柔順閃亮，笑起來更是可愛。抱著欣賞上帝傑作的心情，佳燕認眞地打量著安妮。

「唔，妳應該是哪一系的系花吧，眞的好漂亮。」佳燕說道。

「呵呵，佳燕同學妳眞有趣。我是法文系的。」安妮甜甜一笑，「妳呢？」

「啊，法文系耶……聽起來就很有氣質……我是戲劇系的。」佳燕微笑，「有機會可以請妳來客串演出嗎？」

「好啊，聽起來很好玩的樣子，要找帥哥跟我搭檔喔。對了，妳是中部人還是南部人？」

「我啊，台北人啊。」

安妮好奇，「那爲什麼要租房子，住家裡不就……」

「潘佳燕同學，妳的手機響了，要幫妳接嗎？」這時，子鴻從房裡探頭。

安妮馬上露出了然於胸的表情，「……原來如此。可是，房東先生有說，男生不可以留下來過夜喔。」

佳燕聞言瞬間臉紅，「啊啊，妳誤會了，不是因爲這樣！」

「哎喲，沒關係，我明白的。呵呵。」安妮笑得更深了。

第三章

深夜時分

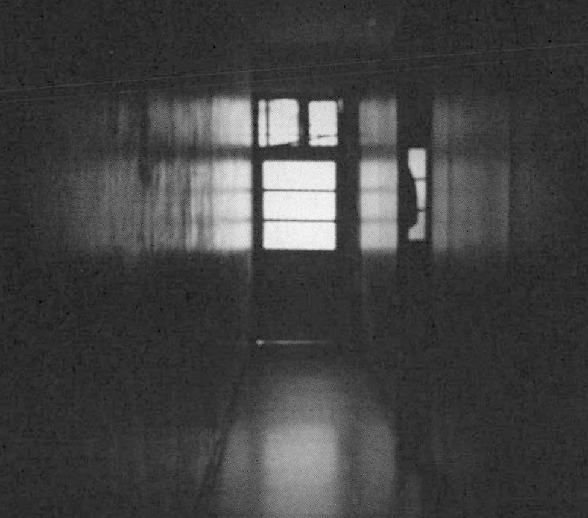

Insomnolence

伸手關掉電腦畫面後，佳燕從書桌前爬起。枕在手臂上的左臉有一大片紅紅的印子，長長的頭髮也顯得凌亂，才剛睡醒的佳燕把身體往柔軟的新床一拋，但是睡意卻也在同時消失了。

明明就是因爲很睏才會在電腦前睡著，但是此刻卻有種怪異的感覺。身體依舊感到強烈的疲倦，但意識卻在瞬間清醒。

放在床上一角的手機螢幕久久閃動一次，有未接來電。佳燕伸長手，用指尖抓住手機。剛剛一定是太累了，竟然根本沒聽到手機鈴聲。

佳燕一面回電給子鴻，一面打了個大大的呵欠……怎麼搞的，愈來愈清醒了。響了幾聲，子鴻很快地接起。

「喂，妳沒事吧？」

「沒事啊，哪會有事？」

子鴻鬆了口氣，「一直不接電話，而且隔了這麼久才回電，我以爲妳出事了。」

「呸呸呸，出什麼事！你想太多了。」

「一個女孩子家在外面租房子，非常非常危險耶！而且伯父伯母已經遠赴瑞士，臨走前他們有交代我要好好照顧妳啊，我身負重責大任。」

「呃呃好囉嗦……你太小看我了。你難道忘了高中那時……啊，算了，當我沒說。」

子鴻靜默了幾秒，「那時的事……果然是揮之不去的陰影……後來詠欣瘋了，妳一定很難過。」

「喔唷，你的成名絕技是不是叫作『哪壺不開提哪壺』啊？」

「好啦，過去的事，妳再想也沒有意義。」

「我才沒在想。」佳燕不滿地哼了哼。

「很晚了，早點睡吧。明天下午我去學校找妳。」

「……那就晚安囉。」

「晚安。」

掛上電話後，佳燕望著純白潔淨的天花板。不知道爲什麼，睡意盡消的同時，也想起了之前高中時發生的事，死去的同學們、瘋狂的好友、不知爲何而自殺的名作家，還有那座藏著屍體的……

眞實而濃厚的血腥感讓佳燕有好一陣子放棄了自己最愛的恐怖電影，但是同樣親眼見過慘況的子鴻卻勸佳燕要重新振作。只不過當佳燕在毫無防備的情況下看到同學破碎的屍體時，就再也沒有任何恐怖電影可以「構成威脅」了。

想著想著，佳燕索性找了本漫畫來看，但無論如何，消失的睡意一去不返，而哀傷和令人不愉快的回憶則像充滿房間的空氣般緊緊貼著佳燕。那是種無法擺脫的低氣壓，讓人覺得連呼吸都顯得多餘。

「搞什麼嘛……我不是已經走出那件事了嗎？」佳燕喃喃自語。

她很想知道爲什麼明明就已經藏在心深處的恐怖回憶，又會重新上演。這個問題其實有答案；然而佳燕此刻並不知道。日後當她得知答案時，她也衷心地期盼，如果時光能倒流，她最好永遠都不知道。

Bygones

人的心情總是有高低起伏，有時心情的好壞並沒有特別的原因。例如佳燕，她自己也不知道爲什麼，自從搬家之後，總是提不起勁，晚上常失眠也就算了，有時還會不停作惡夢。

有時候她會夢到高中時從置物櫃裡跌出來的同學屍體，宛如被撕裂的破舊娃娃般，無力地垂掛著。有時候會夢到因爲哥哥自殘致死而發瘋的詠欣，詠欣總是在夢裡捂著耳朵，高聲尖叫著，說她總是聽到鐵箱開開關關的聲音……

不知道詠欣現在怎麼樣了。

佳燕根本沒在聽課，思緒飄向過去。還記得高中時，詠欣常常把家裡收藏的恐怖電影借給自己。詠欣並不特別，在班上顯得很低調，不過佳燕卻很喜歡和詠欣相處，既輕鬆，又沒有負擔。

說眞的，她從來就沒想過詠欣會瘋掉。當她輾轉聽說詠欣吃掉了一部分哥哥的屍體時，她覺得那根本就是天方夜譚。雖然食人族電影看得多了，不過在現實生活中聽到好朋友吃了屍體，佳燕當時的第一反應只有「不可能」。

「佳燕同學。」

「唔？」佳燕抬頭，歐陽渠風正站在她面前微笑。佳燕伸伸懶腰，「咦，下課啦？」

「在想什麼？竟然連打鐘都沒聽到。」

「沒有……就是作作白日夢。」

「希望妳的夢可以用來當作業題材。」

佳燕一愣，「作、作業？剛剛老師有出作業嗎？」

歐陽渠風指著黑板，「四格分鏡。」

「那是什麼鬼？」

「……看來妳從上個星期就失神到現在啊……」

佳燕訕訕一笑，「反正歐陽同學你是好人，你一定會借我筆記的嘛。」

「從開學到現在，我好像一直在當妳的家教耶。」

「別這樣嘛，下次請你去夜市吃到飽！」佳燕說道，「我現在住夜市後面，終於發現夜市真的是大學生的天堂啊～」

「喔？妳搬到夜市後面的出租套房了嗎？眞巧……」

「莫非歐陽同學你也是？」

歐陽渠風笑容忽然有點改變，但心情看起來仍然不錯，「我有個朋友也住那邊。上學不用通勤，她說輕鬆多了。」

「這倒是眞的。」

一面和歐陽渠風閒聊，佳燕一面走出教學大樓，就在此時，一名高瘦的男生迎面而來，叫住了佳燕。

「潘佳燕！」

「陳裕偉，是你啊。」

名叫陳裕偉的男生是佳燕的高中同學，兩人並不算熟。陳裕偉看起來還帶著幾分拙樣，和高中時的形象幾乎一模一樣。

「妳念跟電影有關的系，對不對？」

「對啊。我記得你是念……」

「歷史系啊。」陳裕偉說道，「聽說林詠欣被送到特殊療養院，是眞的嗎？」

這句話像是利刃似的，狠狠地刺了佳燕一下。「……對，她需要住院接受長期治療。」

「這樣啊……」陳裕偉聳聳肩，「妳應該常去看她吧？」

「不，我只去過一次。」

佳燕忽然有種想要逃離的衝動，幸好陳裕偉的手機響起，他朝佳燕揮揮手，快步走進教學大樓。

「……剛剛那位是妳高中同學嗎？」歐陽渠風問道。

「對。」佳燕忽然抬頭，「歐陽同學，你開車還是騎車？」

「我騎車。」

「你有大概三個小時的空檔，而且多一頂安全帽嗎？」

歐陽渠風露出令人安心的笑容，「要去哪裡？我送妳。」

Prediction

空蕩蕩的走廊上幾乎什麼都沒有，在遙遠盡頭的角落擺放著常見但卻喊不出名字的大型盆栽，就連深綠色的葉子也散發出一種距離感。和一般醫院不同，這裡少了消毒水和藥劑的氣味，但是異樣的潔白感和強烈的光線卻比普通的醫院更給人壓迫的感受。

到達時大約是下午四點，會客時間只剩短短的半個鐘頭。在等待醫護人員把詠欣帶來時，佳燕無聊地看著會客室窗外微微擺動的樹枝。一年了。那時的事件，也是在開學不久的秋季發生……

喀噠喀噠。

那是橡膠拖鞋的聲音。詠欣穿著白色有著小花圖案的寬鬆長袖睡衣和睡褲，頭髮被剪短了，像是民國六十年代的學生頭，看起來整齊乾淨。佳燕的目光原本從下往上打量著詠欣，但是當她的視線接觸到詠欣那雙透著異樣平靜的大眼睛時，不禁感到一陣寒意。

整間會客室幾乎是透明的。除了採光良好之外，重點是方便監視。一男一女的醫護人員走出會客室後，輕輕帶上了透明的玻璃門。

「詠欣，認得我嗎？」

坐在長桌另一端的詠欣默默抬起頭，嘴裡含著左手大拇指。佳燕深深嘆口氣，突然覺得自己很蠢。沒事幹嘛去觸碰好不容易稍稍癒合的傷口？眞是白痴。

「佳燕。」詠欣放下手指，突然朝著佳燕微笑，「妳覺得我是瘋子嗎？」

「……我不知道。」

「妳知道我爲什麼會被關在這裡吧？」

「他們說妳——」佳燕感到喉嚨一陣乾澀，「吃了妳哥哥的屍體。」

「只說對了一半……」詠欣咯咯笑著，「我是被迫的。」

「什麼？」

詠欣身體往前傾，「雖然覺得恐懼、害怕又噁心，但我的身體和行動不聽使喚，從我哥的屍體剝下皮呀、肉呀，拚命塞進嘴裡。」

「詠欣……爲什麼要和我說這些話？」

「因爲我知道妳喜歡恐怖電影啊，那麼這些比電影更眞實的經歷，妳一定也會喜歡聽的。」

詠欣依舊咯咯笑個不停，略微尖銳的笑迴盪在空曠的會客室中，使得佳燕產生一種既討厭又不舒服的感覺。

「佳燕啊，我看得到喔。」

「看得到什麼？」

「從那時開始……我就看得到一些畫面……」詠欣再度含著大拇指，聲音變得不清楚，「如果喜歡的話就是天堂……但是，一般人卻覺得那是地獄。」

佳燕一頭霧水，「什麼意思？」

「……妳厭倦了虛假不是嗎？眞正的恐懼很快就會……」

詠欣沒把話說完，佳燕也沒拜託她說得更詳細一點。因爲在此時，詠欣原本含著拇指的嘴突然動了起來，像是在咀嚼什麼。佳燕瞪眼看著詠欣，一絲暗紅的血從詠欣嘴角溢流出，沿著下頦滴在素雅的睡衣上。

哐一聲佳燕從椅上彈起，奔向會客室的門，然而玻璃門卻一時間無法打開。可惡，這是怎麼回事？！

「喂！快開門！」佳燕用力拍著門。「人都到哪裡去了？快點開門！」

過了一會兒，忙裡偷閒的醫護人員才出現，打開了會客室。「小姐，怎麼了？」

「詠欣！詠欣她——」

詠欣好好地坐在原位不動，嘴巴像是在啃咬什麼美味的食物般嘖嘖有聲，剛剛沿著嘴角流出的鮮血已經浸濕了睡衣。在醫護人員衝上前制止詠欣時，佳燕看到了從詠欣口中吐出的指甲片，還有已經幾乎被咬斷，僅剩沾連著部分肌肉的指關節。

Drunk

佳燕幾乎是拖著腳步回到家的。雖然對歐陽同學很不好意思，不過佳燕此刻完全沒有心情解釋，她的腦海裡全都是詠欣吸吮咬啃自己手指的畫面。慢慢的，很美味似的一點點把指甲咬開……不會痛嗎？

雖然更血腥的畫面在恐怖電影裡也都看過，不過站在詠欣面前的佳燕，她還清楚嗅到了濃濃的鮮血味道。是血的味道沒錯，女孩子都不會覺得陌生，那是一種微腥的怪氣味。

還有那些話，那些話是什麼意思呢？佳燕忍不住回想起稍早前詠欣說話時的雙眼，在她說話的瞬間，佳燕幾乎可以確定詠欣是清醒的，她沒有瘋，沒有精神異常，那眼神就和以前在學校時一模一樣……應該說，接近一模一樣。但是，爲什麼呢？詠欣爲什麼會承認吃了自己哥哥的屍體，她並不是個失去希望的瘋子，她知道自己在做什麼，一定知道……

「妳眞的沒事吧？」歐陽渠風臉色不太好看，他顯然很好奇在會客室裡到底發生了什麼事，但他並沒有直接開口。

佳燕搖搖頭，「今天對你很抱歉，讓你陪我跑去那麼遠的地方。」

「這也沒什麼，我反正下午閒得很。」歐陽渠風抬頭看著佳燕所住的老公寓，「妳就住這裡嗎？」

「對，這裡的四樓。」佳燕指了指長長的陽台。

歐陽渠風順著佳燕手指的方向，注視著四樓的陽台。陽台老舊，四周貼著米色，有厚度的馬賽克磁磚，和台北市所有的老舊公寓一樣，裝著看似牢靠但實際上快要風化鏽蝕的鐵窗。

「……房子外觀不怎麼樣，但是裡面重新裝潢過，還挺不錯的。」佳燕說。

「妳有室友嗎？」

「房東情侶檔和還有一位法文系的正妹跟我一起住。」

歐陽渠風收回視線，「法文系的女生？名字該不會叫安妮吧？」那是略帶玩笑的口吻。

佳燕看著渠風，「……你們認識？」

「哈哈，是啊。」

「看你的表情……哼哼哼，她該不會是你的女友，或者前女友吧？」

歐陽渠風捂住胸口，做出「啊，中箭」的表情，「潘同學妳眞是蕙質蘭心，聰明伶俐。」

「原來如此。」佳燕忽然有種輕鬆的感覺。換個話題，好像心情變好一點了。

在此時此刻，不管是什麼話題都好，總之佳燕急需其他的人事物來轉移注意力，她非得去想些別的事不可，不能讓腦袋停下來，絕對不可以——否則，詠欣的臉就會趁機從她的意識中竄出，不停重播著那個畫面。

「潘同學。」是子鴻，他手上提著超市的袋子。也許是基於本能，子鴻的笑容在和渠風視線對上時頓時凍結。

「啊，你來了。」佳燕把書包丟給子鴻。

「這位是妳的同學嗎？」子鴻問道。

「嗯哈哈，我來介紹，這位是人很好的歐陽渠風同學；歐陽同學，這位先生是……呃，我朋友曾子鴻先生。」

「是男朋友吧？」渠風揶揄，「不打擾你們，我先走了。」

「喔，明天見……啊，不對，歐陽同學，四格分鏡的作業……」

「明天到學校再說吧，我會把筆記一起帶給妳。」

「謝啦，再見。」

待歐陽渠風離開後，佳燕和子鴻默默地上樓，在寂靜的樓梯間中，不知爲什麼古老陳舊的氣息在空氣中格外明顯。

子鴻把食物放入廚房裡的冰箱，他知道佳燕一定發生了什麼事。平常活潑爽朗的佳燕，今天卻意外地沉默，而且剛剛離開的男同學表情也不太對勁，一定出了什麼事。

子鴻走進佳燕房間，把房門關上後拉了張椅子坐下。「發生什麼事了？」

佳燕摸摸臉，「……看得出來哦？」

「那當然。」

「那，看起來像是發生很嚴重的事嗎？」

子鴻摸摸下巴，「看起來好像有人跟妳告白，妳覺得很困擾這樣。」

「呃。」佳燕不知道該如何反應，「你這人還眞是有想像力啊。」

「是嗎？我沒有那麼好啦。」

「我不是在稱讚你……」

「那麼是在誇獎我囉？」

「……啊啊，頭好痛。」

「結果呢，我猜對了嗎？剛剛那個男生是要向妳告白吧？」

「想太多。喂，我跟你說，我去看詠欣了。」佳燕下意識地嘆口氣，「本來想跟她聊聊，可是沒辦法。」

「乖。」子鴻感到心疼，「不過，怎麼會想到去看她呢？」

「這個嘛，我想了很久，後來碰到高中同學，問我有沒有去探望詠欣……我拜託歐陽渠風載我過去，可是……我眞不懂……」

「不懂什麼？」

佳燕揉揉額頭，「她看起來很清醒，但是我無法理解她在說什麼，也不知道她爲什麼要傷害自己。」

「傷害自己？」

佳燕感到有點難以開口。雖然子鴻是唯一能談論這件事的對象——畢竟他曾親身經歷——但佳燕總覺得難以輕易把當時的情景宣之於口。也許是恐懼吧，佳燕不想在腦海裡讓那個畫面重複再重複。

「佳燕。」

「嗯。」

「詠欣，在妳面前傷害自己嗎？」

「嗯。她還說，如果喜歡的話就是天堂……但是，一般人卻覺得那是地獄。還有，妳厭倦了虛假不是嗎？眞正的恐懼很快就會……」

「眞正的恐懼？喜歡的話就是天堂？」

「我不知道她在說什麼，可是，有種很不安的感覺。」

佳燕覺得自己很糟。對朋友的同情與關懷竟然完全被強烈的恐懼擊敗。那些讓人摸不著頭緒的話，現在想起來就像是怪異的預言，也許再過一陣子就會變爲讓人無法忍受的詛咒似的。

「我覺得很不舒服。」佳燕把手背放在額頭上。

子鴻打從心裡好奇佳燕下午到底看到了什麼，但是他不想觸及那個部分。即使他自問不是膽小的人，但是在那年的事件之後，他總覺得自己意識深處的某個部分被狠狠地重擊成碎片。

「突然覺得，那時的事是契機唷。」子鴻輕輕握住佳燕的手。

佳燕知道他的意思，說道：「好傷感喔。如果有一天我們結婚了，介紹人就會說，新郎跟新娘是因爲一起發現同學的屍體而開始交往的吧。」

「呃呃呃……」即使處於傷心的狀態，眼前這位潘同學的攻擊火力還是如此強大啊。眞是的。

子鴻並不會在佳燕所租的套房過夜。一來那並不是眞正獨立的套房，二來子鴻很尊重佳燕，也尊重佳燕的父母。任何有女兒的父母都不會希望自己的女兒隨便帶男人回去過夜。當然，這也有可能是因為佳燕的父母十分老派。

將近午夜時，佳燕從陽台目送子鴻走出公寓。她有點捨不得，不過也只有一點點。回到房間時，歐陽渠風同學的前女友，法文系正妹安妮恰好跌跌撞撞地打開玄關的門。

「安妮？妳喝醉了……」

「嗯啊，還好啦，幾杯深水炸彈、長島冰茶加上半瓶伏特加而已。」安妮臉紅通通的，非常可愛，長長的睫毛不停閃動。

「如果我是男人，一定會藉機撲倒妳。」

「如果妳是男人，那我一定會讓妳撲倒。」

「呃，安妮同學，妳真的醉了。我扶妳回房吧。」

「哈哈，」安妮軟軟地靠在佳燕身上，「佳燕，我們繼續喝吧！」

「什麼繼續喝……還沒開始，哪來的繼續？而且我不會喝酒啦。」佳燕嘀咕著。

「是這樣嗎？咦，佳燕是妳啊。」

「不，我不是潘佳燕，我是劉德華。」

「嗯哼，胡說，明明就是織田裕二……」安妮說著，眼睛已經閉上。

好不容易把安妮送回房，佳燕替安妮脫下高跟鞋，蓋上了薄被。這時安妮的手機在黑暗中閃著七彩的亮光，螢幕跳躍著一個奇怪的名字：「大家」。

嗯，大家？是哪個大家？佳燕想起某部港片裡，吳孟達是「大」哥，葉德嫻是管「家」，所以他們兩人就是「大家」……佳燕突然覺得自己眞的是電影看太多，看到走火入魔了。

她並沒有接起安妮的電話，幸好安妮的手機沒開鈴聲，不會吵到大家。佳燕躡手躡腳走出安妮的房間，悄悄關上房門。其實她大可不必這麼小心翼翼，以安妮喝醉的程度，就算把安妮直接丟到冰冷的浴缸泡在水裡，或者讓砂石車在安妮的耳邊疾駛而過，她大概也不會醒來。

一時間佳燕有點羨慕。她回到房間，如同前幾個夜晚一般，難以忍受的失眠和低落的心情又佔領了佳燕的房間。彷彿變成了一種固定程序，佳燕眞的不知道該怎麼辦才好。

她不免聯想到以前看過的一部鬼片。據說是眞人眞事改編，一對新婚夫妻帶著新娘與前夫生的兒子和狗，搬入了一棟豪華的大宅中，原來低價出售的豪宅曾發生滅門血案。男主人被惡魔附身了，開始出現怪異的行爲……

住在惡魔的家裡……那會是怎麼樣的情況呢？

Novelist

最近，祐慶好像轉運似的，手上的買賣案件不停成交，人也變得很有魅力，談笑風生，相當有自信。祐慶本身長相端正，去除之前畏縮又過分小心的表現後，公司裡的女同事紛紛對祐慶產生了好感。

雖然女朋友已經懷孕，但祐慶依舊免不了小小的出軌一下。起初他仍會不安，但久而久之，祐慶已變得麻木，而且習以爲常。

事業和桃花都旺到不行，一定是因爲買下那層樓的緣故。就連祐慶自己也不得不讚嘆自己的眼光準確。

雖然，過程中使了些小手段，不過，原來的屋主黃太太似乎並不在意價錢，只要能脫手就好。要不是因爲祐慶原本住在樓下，否則一定會認爲這房子很有問題。不過，他仍忘不了黃太太在簽約時臉上的表情。

好像終於拔出橫鯁在喉頭多年的粗大魚刺，又像是從鯊堡監獄的下水道爬了五百碼後重獲自由的安迪·杜弗倫[2]；總之，那是一種解脫的表情。大概，他猜，這房子裡充滿著不好的回憶吧。

但這有什麼關係呢？現在這房子是他的了。以低於市價近兩百萬的價格買下，而且現在還分租給兩個可愛的女大學生，租金就足夠繳房貸了。在台北市的精華地段買下一棟房子可不是件容易的事——但祐慶做到了——他當然會洋洋得意，並且時常想起他那絕妙的殺價點子。

死亡之家

那眞是個好網站。特別是它容易刊登，也不去調查凶宅眞僞。當祐慶揑造著凶宅故事時，他的腦海裡也在一遍遍建構那樣的畫面：一名單親媽媽宰殺了兩名智障的兒子，把他們悄悄藏在房子中。直到新搬來的住戶一個個慘死，才有人著手調查那對低能雙胞胎兒童的下落，還有失蹤的媽媽。

理所當然的，這樣的消息一刊登上網，黃太太的房子絕對乏人問津。看準時機，又排除了所有可能出現的敵人之後，祐慶果然如願用超低價買下了這棟房子。

他很感謝黃太太和她那兩個智障兒子，這樣的靈感如果多出現幾次，也許祐慶就可以去當小說家，然後用年代久遠的機械式鍵盤敲打出一個個驚悚但又充滿現實感的故事。另外，他也很感謝維先學長，如果那天學長沒打電話來抱怨，也許自己永遠也想不到吧。

一切就是這麼巧合。雖然對黃太太不好意思，可是祐慶無論如何都想買下這棟房子，就是想要。不過，那次之後，祐慶就告誡自己不能再犯。畢竟那是不對的。人不能老是自私，只爲了自己，這世界有它的規則。

但那些道德全都是屁。

祐慶坐在電腦前，他努力擺脫羞愧與內疚的感覺，握著滑鼠的手雖然有點遲疑，但左手指尖還是按下了那個原本以爲再也不會用到的連結。

昨天下午在汽車旅館裡，Kingsize的床上，他無意中告訴女同事胡心晨關於凶宅網的事。胡心晨不顧浴巾就這麼滑落，緊緊地貼在祐慶身上，要祐慶再上去刊登一次凶宅。

「我想買那間套房，就是想嘛。」胡心晨撒嬌，用甜膩誘人的聲音說道，「你非幫我不可，嗯？親愛的。」

❷ 史蒂芬．金之作品《麗泰海華絲的救贖》中之男主角，電影版台譯《刺激一九九五》，男主角安迪．杜弗倫由好萊塢演技派巨星提姆．羅賓斯主演。

於是，祐慶爲了這個在床上媚勁十足的女人，再度連上了那個網站。他會替心晨編造一個關於凶宅的故事，然後心晨想要的那間套房就會乏人問津，不久後就能用低價購入。就像他對黃太太所做的一樣。

很好。

祐慶腦海裡突然浮現了一個畫面：在套房的衣櫥裡，有一具半裸的女屍跌出來。不知道爲什麼會想到這個，但是他不在意。這是個好題材，很好的題材。那間套房一定賣不出去，心晨一定能順利買下，然後祐慶會送她一張比汽車旅館更棒的大床當作喬遷的賀禮，並且在心晨搬家的第一天就好好「善用」那張大床。想到這裡，祐慶笑了，他不再猶豫什麼，很快地著手揑造完全子虛烏有的凶宅騙局。

也許有一天他眞的能成爲小說家。說不定喔。

Homework

佳燕一手撐著額，一手放在鍵盤上。她呆呆對著螢幕已經很久，至少有二十分鐘了吧，她在心裡估計著。沒有靈感，所以她只能對著螢幕發呆，在心裡窮極無聊地計算著流逝的時間。

「媽的，爲什麼啥都想不到啊？！可惡！」她憤憤地把椅子往後一退。「平常明明就有很多題材可以用啊，可是今天卻什麼都想不到！」

佳燕開始有點懂了，爲什麼搞藝術創作或者演藝圈的人，幾乎個個都會抽菸。即使討厭菸味的佳燕也突然有種想點根菸，吐吐白霧的衝動，彷彿這樣就能喚來靈感。

「要寫什麼主題才好呢？啊啊，怎麼辦，本來想寫個文藝愛情短片，看來我不是要浪漫的料啊……」

佳燕喃喃自語，她環視寬敞的房間，最後視線停留在書架上。雖然說是書架，但上面放著的DVD數量遠遠大於教科書或者任何紙製品。擺放課本和小說的架上亂七八糟，還有沒吃完的零食袋和飲料保特瓶，但是收納DVD的架上卻非常整齊，依照佳燕的喜好整理得宛如一座小型電影圖書館似的。

其中有幾部佳燕特別喜歡的電影都有重複。因爲喜歡的電影她總是買兩套，一套未拆封，作爲收藏，另一套則是觀賞用。一般人可能很難理解，不過佳燕並不在意。世界上沒有兩個相同的人，怎麼可能要求對方百分之百理解自己呢？

《鬼屋》。

她注意到的那部DVD是有名的眞實案例改編，前幾年也重拍了，新片名叫作《陰宅》。無論片名叫《鬼屋》還是《陰宅》都不重要，反正是一部描寫恐怖大宅的故事。高中時某個蹺課的下午，佳燕在電影台看到了那部片，於是費了一番心思把這部極冷門的老電影DVD弄到手。

雖然經歷過某些事之後，她不再覺得那部電影有什麼恐怖之處，但她仍記得在第一次轉台看到時，的確感到陣陣毛骨悚然。

佳燕看著架上的《鬼屋》，沉思了好一會兒。好吧，既然如此，那麼這次的作業也來個本土版的《鬼屋》吧！反正我這種個性想寫出文藝短片的腳本幾乎是不可能的了。

既然有了大方向，接下來就好辦。佳燕重新振作起精神，飛快地在Google上搜尋著關鍵字：鬼屋，以及凶宅。

被學生們稱爲「孤狗大神」的Google花不到一秒鐘就跑出許多搜尋結果，去除一些看起來不怎樣的網站後，佳燕選了幾個網站。不知道是不是這屋子的寬頻線路品質差勁還是ISP業者太遜，竟然好幾個網站都無法顯示，最後唯一顯示出進站畫面的是個有點詭異陰森的凶宅網站。

先是一片黑色進站動畫，接著在全黑中逐漸浮現紅色小字：

歡迎光臨死亡之家

「眞有氣氛……」佳燕嘟囔著，一面移動滑鼠。

佳燕一面瀏覽著網友刊登的介紹和說明，一面在腦海裡編撰恐怖的故事大綱，她試著把許多恐怖的橋段結合在一起，但卻總覺得不切實際又凌亂無比——直到她看到了某篇文章。

「台北市超恐怖血案凶宅！充滿怨恨的鬼屋，無人敢接近的亡靈之家！」

這個標題下得不錯，佳燕點選了這篇文章後，本以爲只是篇和其他文章大同小異的介紹文，沒想到當她一看到地址和外觀照片，立刻從椅子上彈起。

這裡要介紹的凶宅位於台北市南區，在附近非常有名但似乎沒有上過報，可能是因爲太駭人的關係，也有可能是當事人的家屬極力掩蓋的緣故。圖一是凶宅的外觀，凶宅位於該公寓的四樓，原來住著黃姓一家人。黃姓夫婦育有兩名雙胞胎兒子，很不幸地，這對雙胞胎都是重度智障。黃姓屋主數年前失蹤，其妻因照顧兩名重度智障兒而精神瀕臨崩潰，終於以利器殺害兩名親生子，並將屍體藏於屋中……

「這……這是在開玩笑吧？」佳燕瞪著螢幕，「這不就是……」

雖然還不知道這一切是否屬實，但佳燕不禁打了個寒顫。她拿起手機撥給子鴻，另一手忙著移動滑鼠，把眼前的網頁列印下來。她注意到畫面中左小角還有一行小字，是網站主人的MSN。

「喂，怎麼了？」

子鴻的聲音在這緊張的時分反而讓佳燕嚇了一跳，忘記是自己主動打給子鴻的。

「喔，天哪，被你嚇死了。」

「怎麼啦？」

「我剛剛上網找資料，結果看到一個凶宅網站上說，我現在租的這裡就是凶宅。」

「什麼？凶宅？」子鴻一愣，「不會吧，房東不也住在那裡嗎？如果是凶宅，他敢住嗎？」

佳燕冷靜下來，想想也對，「嗯，好像是。我是不是反應太激烈了？」

「恐怖電影女王潘佳燕同學，妳眞的是電影看太多了，哪來那麼多凶宅，這裡是台北市，不是美國住滿食人族還是電鋸殺人狂的荒郊野外。」子鴻嘆口氣，「眞令人擔心。」

佳燕這時卻沒心思聽子鴻說些什麼，她匆匆道了晚安便結束通話。看著印表機印出來的文字，佳燕有種莫名其妙的感覺。她不懂自己是怎麼了，爲什麼反應如此激動，凶宅又怎樣，說不定只是謠言，有必要大驚小怪的嗎？佳燕感到額上滲出汗珠，媽的就連小時候看《大法師》都沒這麼害怕。在看到文章的那瞬間，佳燕知道自己確實感到了強烈的恐懼。但，就像子鴻說的，她可是恐怖電影愛好者，膽子不小，怎麼會……

就在此時，佳燕聽到了房外有人開門關門的聲音。很輕，從方向來判斷，大概是房東夫妻房間傳來的，接著是走廊上的腳步聲。是那位年輕的房東先生吧，要不要趁現在去問個明白？佳燕思索著。但她錯失了時機，不一會兒，大門發出沉重的聲音，房東先生好像出門去了。

唉，算了。問了又怎樣？如果不是，房東先生會發火吧？如果是，那租約怎麼辦？就算搬走了，那之前住都住了，又能如何呢？退還租金嗎？天哪，太複雜了。佳燕一邊想著，一邊打開房門，朝走廊看了一眼。

整棟房子靜悄悄地沒半點聲響，她怔怔地看著大門，腦袋一片空白。

第四章

那些孩子們

Bitch

「……妳到底想要說什麼？」男人語氣輕薄，吐著白色煙圈。

「我沒有特別想要說什麼啊，我只是想跟你獨處嘛。」安妮知道他生氣了，他說過別主動打電話給他，但安妮就是忍不住。

「妳明知道我老婆在家——」

安妮急忙打斷，「什麼你老婆？！你們根本就還沒結婚！」

「我們早晚會結。」男人先來句殺傷力十足的話，之後又瞬間換上溫柔的表情和語氣，「親愛的，妳知道我的情況，我不是拿她作擋箭牌，對不對？而且，當初妳也願意這樣，不是嗎？」

安妮忽然覺得車裡很悶熱，想要打開車窗，但老天故意在這時開始灑下傾盆大雨。她焦躁地關掉收音機，唱到一半的比莉．哈樂黛就這麼切換成滂沱的雨聲。

「我當初是覺得無所謂沒錯。」安妮搶過男人手上的菸，急促地吸了一大口，「但是現在我的想法改變了。」

男人臉色微變，「什麼意思？」

「你不能和她分手嗎？」

安妮的音調不高，音量不大，甚至因為大雨而有點模糊。但男人很明顯地聽到了，每個字都非常清楚。他告訴自己要平心靜氣，不要激動。

「安妮，親愛的，我以為我們是先達成共識之後才在一起的。」

「去他媽的共識。」安妮倚著車窗，沿著玻璃流動的雨水擋住光線，讓她的臉看起來異常斑駁閃動。「那時是那時，現在是現在！我現在想要光明正大的跟你在一起，明白嗎？」

男人盡可能沉住氣，但語氣已變得十分冷淡。「事情沒那麼容易，妳要知道，她現在——」

「我告訴你，我也一樣！」

男人噤聲，好一會兒才重新拿出菸盒，點了菸，「……所以現在急著找個男人，讓他當現成……」接下來的話太難聽，他沒說下去。

但安妮可不是白痴，她沒什麼表情，沒人看到她緊握著拳頭，指甲折斷。「你不處理，OK，Fine，我去找她。」

「……妳敢？」

「有什麼不敢？要不然，我在你家裡自殺也不錯，很好玩吧？」安妮咯咯嬌笑，她終於感到指尖的痛——沒關係的，這點痛算什麼。

這男人是個爛渣，該好好嚇嚇他才對。安妮一手扶在車門開關上。應該衝下車去，讓他苦苦地追嗎？

「妳太任性了。」男人的聲音把安妮拉回現實。

「什麼？」她眞的沒聽清楚。

男人不屑地哼了哼，「爲什麼要找我？誰知道妳跟多少人睡過。光是那幾家夜店裡的酒保、警衛和常客就不知道多少人了。」

一般來說，男人應該會得到一巴掌作爲回應。但沒有。安妮渾身發抖，根本沒力氣舉起手。她不否認曾經玩得很墮落，她也不否認自己的確不是什麼冰清玉潔的好女孩，可是至少，她一次只跟一個人交往。

「我眞不明白妳們這些女人在想什麼。」男人再度打開了收音機，歌手已經變成老鷹合唱團。「我送妳回去。不用擔心，我不是那種把不合意的女人踢下車的壞傢伙。」

安妮沒回應，靜靜地盯著擋風玻璃。雨刷在大雨中根本起不了任何作用。說眞的，她無力再說什麼，只覺得疲倦。車子發動後行駛了幾分鐘，安妮有點驚慌地擰熄了菸。她沒感到心痛，這不對勁，她應該痛不欲生，嚎啕大哭才對。至少該飆淚吧？但是什麼都沒發生。她瞄了眼男人，竟然無法感受到一絲絲怒氣。

一如往常，男人的車停在公寓附近，安妮沒撐傘，逕自下了車。男人顯然沒有把自己弄濕的打算，在微亮的路燈下，擋風玻璃後男人的臉泛著扭曲的光。

Unborn

每踏上一階樓梯，安妮就在心裡悲嘆一次。她不知道自己爲什麼這麼落魄。被大雨浸濕的衣服隨著身體移動而發出吱吱的聲音。公寓的樓梯間被安妮拖出一條長長的，混雜著鞋印的水痕。

就在她好不容易快看到家門口時，一雙黑色的小巧繡花鞋出現在她眼前。從安妮所站的階梯往上看，鞋裡延伸出青白色纖細無比的腳踝和小腿，像是久未日照過般異樣白皙，青筋明顯。而那雙腳的皮膚已然鬆弛乾癟，和腳骨之間彷彿沒有肌肉層似的，皮膚就這樣垂掛包覆在腳骨上，任何人用手指使勁一抓，就能撕裂那層風化的人皮。

安妮著實被嚇了一跳，她順著那雙腳往上看，心裡充滿了怪異又恐懼的期待。她一方面似乎覺得這是雙幽靈的腳，根本不會有上半身，另一方面她又很清醒，知道自己根本是胡思亂想。

繡花鞋的主人是位小老太太，個頭很矮小，就站在樓梯邊緣，直挺挺的，彷彿只要有人在她背後吹口氣，老太太就會摔下去。雖然知道那是活生生的人，但安妮仍不由自主地打個寒顫。老太太了無生氣，樓梯間昏暗的燈光使她像是剛從棺木裡爬出來的老妖怪。手上的翠玉鐲怎麼看都覺得綠得可怕，像是夜裡黑貓炯炯的雙瞳。

安妮想開口說聲借過，不過在此之前，宛如木乃伊般的老太太忽然動了起來，她動作異常地快，打開了朱紅色的大門，閃身而入。安妮看著大門關上，不由得鬆了口氣。原來是住在對門的鄰居——眞是嚇死人了。

其他人都睡了。安妮踮著腳小心翼翼地回到自己房間。房門一關上，剛剛因爲老太太出現而突然被拋諸腦後的心煩又猛然湧上。安妮連衣服都懶得換，就這麼呆坐在床上，也不在意弄濕床鋪——反正，今晚根本不可能睡著——

忽然間，安妮聽到了。

那種聲音實際上很可笑，就是在電影裡爲了增加恐怖氣氛而刻意播放的音效，是非常大聲的心跳。而且這心跳不只一人，似乎有兩股節拍完全不同的心跳聲。咚咚，咚咚。然而當安妮聚精會神地聆聽時，她赫然發現，隨著混亂但清晰的心跳聲，她的小腹似乎也配合著微微發顫。

安妮連忙用手按住自己小腹，但愈是這樣反而愈能清楚感受到，小腹像是在進行深呼吸似的，內縮、放鬆、內縮、放鬆、內縮、放鬆……不停地重複著。安妮呼吸紊亂，額上因恐懼而冒汗，她的指尖告訴自己，腹部正失去控制地起伏著。而怪異的心跳聲呢？那個聲音似乎就在這房間裡，並非從別的地方傳來……惡作劇吧？該不會有人闖進她房裡故意惡作劇吧？

然後腹部的起伏收縮愈來愈劇烈，安妮不由得拉開上衣，喔天哪……肚子裡……她張大了嘴，但叫不出來。平滑的小腹正收縮著，同時，肚子裡好像有異物正在掙扎似的，腹部的肌膚忽然突起一塊但又消下，忽然被拉扯出橫長一道痕跡但又消失！

安妮不明白自己的身體到底發生什麼事了，耳裡聽到的心跳愈來愈快，她摀著肚子，眼眶裡流出淚。爲什麼，爲什麼會這樣？

她多少有點醫學常識。懷孕不過三週而已，不會有什麼胎動發生——胎兒根本都還沒成形呢！千百種混亂的念頭在安妮腦海裡飛竄著，忽然間她弓起背，根本無法動彈，肋骨以下抽筋了，安妮只好側躺下來，臉朝著衣櫥。

安妮無論如何都不懂那是怎麼回事。

衣櫥門微開著，裡面躲了兩個有著黑亮眼珠的男孩，男孩長得一模一樣，除了幾乎佔去整個眼眶的純黑瞳仁之外，他們張著嘴無聲笑著，心跳聲是他們的，男孩們蹲在衣櫥底，雙手在半空中捏啊捏的，一抓一放。

安妮喘息，想要閉上眼，但就在她注意力停留在男孩們短短的手指上時，她感到體內有什麼器官似乎破裂了，器官變成失去作用的肉塊，鮮血爆散。安妮的眼珠往上吊，是子宮吧，是我的子宮嗎？血液彷彿有意識地在體內流動，緩緩滲入每個細胞。

安妮腦海裡的畫面成形了。鼓動著顫抖著的各種器官原本緊密地互相依靠，但卻有四隻蒼白的小手慢慢伸進其中攪動，那肥短的指頭觸摸光滑鮮紅的肌肉組織，一隻手的拇指和食指使勁拉起了某個臟器上光滑緊緻的薄膜，一用力便扯破了，組織液微滲。宛如肉塊被撕開筋膜，膜下肌肉組織的色澤是那樣濃的暗紅色。另一隻小小的手，用指尖捏拉起附著其上的血管，用指甲磨著掐著，直到斷裂。小小短短白白的手上沾滿了血液和破碎的血管。

衣櫥裡的男孩手指用力在半空中抓呀捏呀掐呀。安妮感覺到，體內的器官正一點點崩壞，現在是卵巢，他們用手一捏一扭……爲什麼，這是怎麼一回事？明明就不可能，但安妮卻很清楚身體裡的器官被一樣樣掐碎，在衣櫥裡蒼白的男孩們像徒手弄破氣球似的，兩雙貪婪的手掏著撈著……

衣櫥裡的男孩們依舊蹲在裡頭，無聲無息地笑著。

Missing

坐在學校附近的咖啡店裡，佳燕靠在柔軟的沙發椅上，手捧村上春樹的新書，面前擺著一杯抹茶拿鐵。子鴻坐在她的對面，正忙著上網。雖然明明就拿著書，但佳燕一個字都讀不下去。她根本不在乎書裡到底述說著什麼故事，此刻的心仍然停留在凶宅網站。

「……妳在想什麼？」子鴻無意間抬頭，看到佳燕拿著書但卻望著窗外發呆。

「嗯？」佳燕回過神，「沒什麼。」

「還在想凶宅的事？」

佳燕故作輕鬆，「我住在凶宅裡，你都不擔心嗎？」

子鴻皺眉，「如果眞的是凶宅，怎麼可能不擔心！不過，我認爲不是。」

「證據呢？」

「那妳又怎麼證明那裡是凶宅？半夜有腳步聲？還是廚房灶下有藏屍體？」

佳燕嘟起嘴，把小說拋在沙發上。「那你告訴我，爲什麼有人要在凶宅網上發那種文章？」

「也許想中傷前屋主吧，或者跟房東他們有什麼過節。」子鴻說道，「不然，妳可以寫信給那個網站的管理者，跟他確認啊。問一下是不是發表凶宅的相關文章需要佐證，還是隨便什麼人都能貼文。」

「我早就把網頁上那個站長的MSN帳號加入了，不過到現在都沒看到站長上線。」

子鴻端起咖啡，淺嚐一口，「要不然，是不是考慮搬家比較好？不管凶宅的事是真是假，搬走就解決啦。」

「我也知道搬走就好，但還是想知道眞相……」話說到這裡，放在圓桌上的手機嗡嗡地震動起來。佳燕看了一下，是歐陽同學。「喂，你好……嗯，我啊，在學校後面的咖啡店啊……怎麼了嗎？嗯嗯……這樣啊，那我……好啊，就在這裡等，好……待會兒見。」

子鴻注視著佳燕，「妳同學打來的？」

「嗯，就是上次載我去看詠欣的那位歐陽同學，他說有事找我，待會兒會過來。」

子鴻哼了一聲，「這傢伙是不是對妳——」

佳燕噗地笑了出來，「是的話怎麼辦？」

「……看妳的表情就知道是在耍我，哼，潘同學。」

「變聰明了耶，果然是我調教得好。」

「大言不慚，嘖嘖。」

幾分鐘後，咖啡店的自動門打開，歐陽渠風大步走進店裡。他來到佳燕和子鴻的座位前，臉色難看但有禮貌地打了招呼。

「你怎麼了，臉色這麼難看？」佳燕和子鴻都感受得到，歐陽渠風似乎發生了什麼事，渾身上下散發著一種焦慮感。

「佳燕，妳這幾天有沒有見過安妮？」歐陽渠風劈頭就說道，「她好幾天沒去上課，手機也不接，我去按電鈴，妳們那個很年輕的房東太太，一聽到安妮的名字就掛上對講機，根本不理我。」

「你，你冷靜一點，先喝杯水。」佳燕想了想，「前幾天安妮喝醉了才回來，我扶她回到房間……嗯，之後好像就沒見過她了……可是，我以爲是因爲我們作息不太一樣，所以才沒打照面。」

歐陽渠風搖搖頭，「事情不太對勁。妳說安妮喝醉的那天我知道，她跟我在一起。她好像有什麼不開心的事，拚命喝個不停。她很可能跟新男朋友吵架了……」說到這裡，歐陽渠風向子鴻尷尬苦笑，「我是安妮的前男友。」

「了解。」子鴻心領神會似地點頭。「所以你是在擔心安妮因爲感情問題而出狀況嗎？」

「一開始我是這麼想，可是這兩天她們系上有很重要的考試，她不太可能缺考，她的同學也打給我，說教授想找安妮，跟她談談，但是根本找不到。」歐陽渠風說道。

佳燕努力回想著。似乎隔壁房的確異常安靜。雖然是水泥隔間，但是剛搬來時，佳燕還是常常因為安妮房裡發出的聲音而被吵醒，可見隔音只能算是中等。不過這幾天安妮房間的確異常安靜。佳燕沉思著，是因為自己老是想著凶宅的事，所以沒聽見安妮走動的聲音嗎？不，不是的，安妮應該不在家……

「歐陽同學，你有安妮爸媽或者新男友的電話嗎？」佳燕說道，「還是先跟他們聯絡比較好吧。」

「安妮的父母在她小時候就過世了，她是靠著保險金生活。聽說她從小就被親戚當作人球推來推去，根本沒什麼常聯絡的親戚。」歐陽渠風露出複雜的表情，「至於她的新男友……我根本不想知道是誰，是怎樣的人，所以我從來沒問過。」

「呃，說的也是……」一般人的確不見得會對情敵很好奇，佳燕覺得自己很蠢。

歐陽渠風看著佳燕，「潘同學，我可以到妳們住的地方看看嗎？」

「我是OK……不過你別說是爲了安妮才過來的，也許這樣會比較好。」佳燕說道。

子鴻不解，「什麼意思？」

「歐陽同學不是說，房東太太好像在生安妮的氣嗎？所以還是低調點好。」

「該不會是因爲跟房東太太吵架，所以才沒回去？」子鴻話一出口，又隨即推翻自己的話，「不對，這也說不通。如果是跟房東太太吵架，沒理由不跟同學聯絡啊。」

歐陽渠風大點其頭，「我也這麼想。不管遇到什麼事，學校啦朋友啦至少會跟其中一小部分的人聯絡才對。除非……唉……希望她沒事。」

佳燕和子鴻交換了個眼色，「我看我們就先回去看看好了。歐陽同學，你大概半小時之後再過來。」

「好，我知道了。不好意思，麻煩你們了。」歐陽渠風衷心地說道。

佳燕報以友善的笑容。「別客氣，我也有點擔心安妮。」

目送佳燕和子鴻一起走出咖啡店，歐陽渠風的神色既沉重又不安。他老是有種很不好的預感，而且這種預感在佳燕身上格外強烈。他不知道該說什麼，畢竟自己也不明白爲什麼一看到佳燕，心裡立刻充滿了難以形容的焦慮。

啊，眞是煩死了！安妮——安妮妳這個笨丫頭，到底跑哪去了？老天保佑，千萬別出事……媽的爲什麼手機沒開？！到底有沒有聽到留言啊？

不知道是不是因爲擔心之情溢於言表，渠風發覺店裡的人好像都在注視著自己，他不自覺地輕咳一聲，快步走出咖啡店。

Door

大家都不對勁。

維凌坐在房間裡的小沙發上，手邊擺著一本嬰兒用品目錄，她不自覺地咬著指甲，注視著祐慶的背影。

維凌跟祐慶從大學時就開始交往，起初是很簡單的學長學妹關係，後來在幾次聚會裡處得不錯，漸漸開始相約去圖書館，或者一起修通識課。祐慶當兵前向維凌告白，兩個人的關係也開始進一步發展。

維凌不是沒想過，如果她沒等祐慶當完兵，是不是現在的生活也許會更好。她不確定。從前這種不安未曾如此強烈，直到她發覺自己懷孕後，才開始緊張。懷孕對女人而言是重要的轉捩點，如果選擇生下孩子，幾乎是意味著要把後半生交託給這個男人……即便兩人有朝一日分手，孩子也會成爲那條切不斷的連繫。

在維凌看到驗孕紙上的紅線時，她幾乎在瞬間哭了出來。她不是不愛祐慶，她也不覺得祐慶有什麼不足以託付終身之處，只是，她不確定……祐慶是她的初戀，第一個男人……如果——這只是假設——如果，祐慶其實不是她命定的那個人呢？如果，她因爲遲遲沒有和祐慶分手，因而錯過了眞命天子呢？維凌很不確定自己的決定；就像是買衣服似的，同行的朋友永遠都會說：「再去別家看看。」然後也就這麼錯過了第一件看上的衣服，又也許在最後一家店才選到合適的。

錯過了衣服，可以再回去買，運氣好時也許它還在架上。但是愛情呢？人生呢？她沒得回頭，選定了祐慶，那就是祐慶——更何況，她得爲孩子著想。

祐慶眞的沒什麼不好。維凌呆呆注視著祐慶的背影。她不是特別敏銳的女孩子，但她也不笨。這段期間，祐慶做了些什麼，她多少知道一點。這也是爲什麼她一聽到「安妮」這個名字就滿腹怒火的原因。

維凌也曾經有過那麼美麗的花樣年華，就在幾年前而已，但現在，她挺著大肚子，一想到要爬老公寓的四樓樓梯，就感到疲倦萬分。

剛察覺蛛絲馬跡時，維凌氣得幾欲昏厥，她恨死了自己，後悔沒把孩子拿掉。然而女人在某些時候是很堅強的，特別是即將當媽媽的女人。維凌花了一段時間才從憤怒中平復，她說服自己，其實每個男人都會偷吃，差別只在有沒有被發現而已。雖然不停催眠自己，實際上在維凌的內心深處，仍舊無法理解祐慶的心態——爲什麼就是不能忠於一個女人？

指尖傳來一絲痛楚。維凌把手指上的口水抹一抹，仔細檢視著。大拇指的指甲被咬得太深太短，指緣翻起。應該要戒掉這個壞習慣才對。維凌想著。胎教是很重要的。

她克制自己不再把手放進嘴裡，她拿起翻沒兩頁的嬰兒用品目錄，但過沒幾秒，維凌的視線再度離開書本，直直地盯著祐慶的背，彷彿已經穿透他的身軀。

祐慶的電腦椅發出微弱的吱吱聲。維凌連忙調轉視線回到目錄上。她有點想自嘲，可惜一切都徒勞無功。

「哇，累死我了。」祐慶終於離開電腦，伸了個懶腰。他走到床邊坐下，看著維凌，「有沒有看到喜歡的東西？爲了我們親愛的寶貝，預算無上限唷！」

維凌白他一眼，「說什麼無上限，你忘了醫生說是雙胞胎嗎？什麼都要買兩份，那還得了？」

「親愛的老婆大人，妳就別擔心了，我呀，最近業績長紅哩！」祐慶吹了聲口哨，喜孜孜地說道，「最近股市好轉，我們這區的房價又漲了，算一算這陣子馬上就升值了兩百多萬。」當然，祐慶沒把如何以低價買到這棟房子的眞相告訴維凌就是了，他總是報喜不報憂。

維凌還未答話，就聽到隔壁房門開開關關。是安妮的房間吧，啊，臭丫頭。維凌臉色終於變了。祐慶反倒像個沒事人，什麼都沒聽到似的，繼續滔滔不絕地說著房市好轉的話題。

門開開關關的，不停重複著。連續這樣大約一分鐘之後，維凌幾乎有種精神快要崩潰的感覺，她冷不防打斷祐慶。

維凌瞪著祐慶，「你不覺得很吵嗎？」

祐慶臉色一變。「妳不想聽就直說。」

維凌不耐煩地反駁，「我又不是說你吵！我是說門！」

「門？」祐慶聞言，看向自己的房門，「門怎麼了？」

「你沒聽見嗎？大概是安妮的房間，門一直開開關關乒乒乓乓的，吵死了。」

「唉，有房客本來就會這樣嘛。」祐慶目光停在房門上，一臉狐疑，「不過，我真的沒聽到。」

「怎麼可能？！」維凌的火氣整個上來，但她隱忍不發。

她很怕自己衝口而出什麼難聽的話，或者乾脆把祐慶和安妮的事攤開來講。但祐慶不像裝的。他並不是一流演技派，平常說謊時的表情很好辨認，維凌此刻很清楚，祐慶真的沒聽到。

太奇怪了。

「嗯？有人在開大門。」祐慶忽然說道。他一說完，維凌也聽到了。

「好像是潘佳燕同學。」維凌整天都在家裡，她比祐慶更熟悉家裡走動的聲音。回來的好像不止潘佳燕，似乎她那長得很像日本歌手的男友也一塊來了。維凌見過幾次，長相雖然好看，但看起來好像透著一股長不大的天真單純，一點也沒有成熟男人的味道……

維凌想把注意力轉回嬰兒用品目錄，但是她仍覺得不對勁。祐慶真的沒聽到那扇門開開關關的噪音嗎？剛回來的潘同學是不是在走廊那裡碰上了安妮？瑣碎不已的思緒讓維凌煩躁不堪，而且似乎短期內沒有結束的跡象。不自覺地，維凌再度把手指放進嘴中。

Empty

渠風在公寓樓下徘徊了很久很久，他很不想承認，自己其實暗自祈禱能剛好「巧遇」正要回家的安妮。

自己和安妮，算得上好聚好散。渠風是眞的擔心安妮，他了解她，她是那種外剛內柔的女孩，痛苦不會表露出來，只會咬緊牙關一個人獨撐。接近安妮的男生很多，理由不外乎因爲她很正。安妮曾說，那張漂亮的臉讓她不會孤獨，隨時都有護花使者，但那張臉卻使她寂寞，因爲沒有誰關心她肉體以外的事。

安妮說那些話時，那彷彿已看透人世的清亮眼神，渠風到現在都還清楚記得。他很不忍，但是又有誰不是因安妮美好的外在而產生想了解她追求她的興趣呢？

就連自己也不敢厚臉皮地大喊：「我愛妳是因爲妳是妳，絕不是爲了妳的外在！」

幹愈想愈覺得自己是爛咖。

渠風想到外公在鄉下的家裡，裝了一台俗擱有力，喇叭瓦數直逼村長家放送頭的卡拉OK。外公總是張開大嘴，露出被檳榔漬染得紅黑的大牙（其中一顆還換上了含金量高達八成的金牙），然後緊抓著麥克風，唱著洪榮宏還是阿吉仔的〈男性的純情〉。渠風其實不太記得歌詞是什麼，他此刻之所以想起那個場景，那首歌，理由其實非常單純——渠風覺得自己一點也不純情——僅此而已。

然而這次跟安妮分手，他覺得自己多少有點成長。有陣子，渠風開始重新檢視自己對愛情的態度和想法，雖然不見得有助於下次戀愛，但他不想一無所獲地結束。

想著想著，渠風走向一樓那扇極普通的鐵門，在老舊的對講機前按下電鈴。佳燕很快就開了門，鐵門發出很大的聲響，彈了開來。

這棟公寓的樓梯間很乾爽，沒什麼壁癌，白牆上多少有些痕跡，但看起來似乎前陣子才重新粉刷過。渠風快步向上，但就在三樓通往四樓的轉角，有灘很大的水漬。也許是昨夜那場大雨造成的。渠風毫不在意，輕巧閃身而過。

「你來了。」佳燕站在門後，故作輕鬆地笑著。

「嗯。」渠風和佳燕同時覺得彼此的演技遜到極點，實在有辱本系的名聲。

「房東先生和房東太太好像都在家。」佳燕在關上鐵門時附耳說道。

「喔，喔。」他答著。看來沒機會進去安妮的房間了。

「這不是歐陽同學嗎？」子鴻從走廊處探頭，令人驚訝的是，這位仁兄的表情竟十分自然，是三人中最看不出破綻的。子鴻煞有其事地介紹，「這裡很不錯吧，公共空間寬敞又乾淨。」

「是挺不錯的。」渠風順著話胡扯，「果然女生比較愛乾淨。」

子鴻一面和渠風對話，一面指了指安妮的房門，佳燕輕輕走了過去，將耳朵貼在房門上。

「對了，這次你們也是同組寫報告啊？」子鴻問道。

哪來什麼鬼報告?!「嗯，是啊，聽說佳燕同學對恐怖電影很有研究，所以馬上就找她同組。」渠風也漸漸進入狀況，跟著亂說一通。他躡手躡腳走到安妮房門前，繼續朝著子鴻的方向說道，「這次報告的主題是東方和西方文化中的殭屍電影比較……」

佳燕聽到這裡，忍不住掩口笑了出來，低聲道：「歐陽同學，你比我想像中白爛很多。」

「噓。」

三人同時往房東先生的房門口看了一眼，房裡的人似乎沒出來的打算。子鴻比個手勢要渠風開門，他負責把風。

渠風點點頭。房門是用水平鎖，在渠風想辦法破壞之前，佳燕悄悄阻止他，按下了門把——三人同時感嘆，好險沒用暴力還是什麼非常手段弄開——因爲門根本沒鎖。

渠風極小心地推開房門，一片伴著寂靜的漆黑迎面而來。現在並非深夜，即使是夜晚，也該有從窗口照入的街燈或月光，但這房裡沒有任何光線。也許拉上了窗簾吧，渠風想著，同時悄悄走進房。在安妮房外的佳燕和子鴻則是拚命在自己的房間門口發出各式各樣的聲音來掩護渠風。

「沒人在，空的。」渠風低喃，「眞的沒人在。」

佳燕在安妮門口張望了一會兒，她突然覺得，就這麼讓渠風進屋，好像有點欠考慮。雖然渠風不是壞人，但換作自己是安妮，應該不願意這樣。佳燕一面埋怨自己沒大腦，一面快步走進房，把渠風拉出來。

佳燕拉著子鴻和渠風一起回到自己的房裡，再隻身出去悄悄關上安妮的房門。原本只是個再簡單不過的動作，但佳燕卻在門要關起的刹那間，從細微門縫中瞄到漆黑的房裡似乎有人站在正中央。是安妮嗎？佳燕急忙停手，她再度打開門。

奇怪了，剛剛恍神了嗎？房裡很暗，但看清楚一切，什麼都沒有。更正確地說法是，沒有人。所有傢俱什麼的都跟那天晚上扶安妮回房時一樣，電腦是桌上型的，也沒有移動位置。

瘋了我。

佳燕對自己嗤之以鼻，再度悄悄關上房門。

佳燕、子鴻在床邊坐下，把電腦椅讓給了渠風。佳燕漫不經心地環視著自己的房間，接著才把目光緩緩移到渠風臉上。

「有發現什麼嗎？」

「太暗了，什麼都看不見。」渠風搖頭。

「會嗎？我覺得還好，不會很暗哪。」

佳燕隨口回答，腦海裡還飄浮著方才那看不眞切的人影。那人影是怎麼回事，難道眞的是幻覺？嚇不倒我——啊啊不是啦！我在亂想什麼！一定是電影看太多的緣故。

「佳燕同學，妳在想什麼？」渠風問道。

佳燕苦笑，「沒什麼，老是在胡思亂想。」

話才剛出口，佳燕的手機便響了起來。來電號碼是市內電話，雖然不認識，但還是接了起來。

「喂？是，我是，咦，教官？！嗯，對呀，是這裡沒錯。她好像不在耶……喔喔，我知道了。好，好的，再見。」通話時間很短暫，佳燕掛上電話後，向子鴻和渠風苦笑。

「因爲我和安妮登記的通訊地址一樣，所以我們系上的教官特別替法文系的教官打電話來問我……安妮好像眞的失蹤了，要報警處理。」

渠風感到被狠狠揍了一拳似的，他的肩膀無力一垂，「失蹤……可是，又怎會失蹤呢？有什麼理由失蹤？」

子鴻想了想，「她有任何理由需要獨自去旅行散心嗎？你知道，有的人偶爾會想要切斷跟所有人的聯絡，跑去流浪。」

「子鴻說的也有可能啊，不要太擔心了。教官那邊應該會想辦法和安妮的親戚們聯絡看看。」安慰歸安慰，佳燕其實多少也開始擔心起來。

「如果知道佳燕的新男朋友是誰就好了。」子鴻嘆了口氣。

此時這三人仍不知道，佳燕的新男朋友正在走廊另一頭的房間裡，和女朋友一起翻閱著嬰兒用品目錄，用愉快的心情談論著即將出生的雙胞胎。

MSN

雖然室友安妮無緣無故失蹤了，但佳燕還是得照舊過日子。法文系系花失蹤的事，逐漸在校園裡傳了開來。這當然和著急著想要找到安妮的歐陽渠風有很大的關係，他到處去問法文系的學生和安妮的朋友。

也許是因爲安妮長得太漂亮了，其他女孩子都不喜歡她，渠風可以獲得的資訊根本就少得可憐。幾天下來，只知道安妮對新男友的身分很保密，甚至大部分的同學都不知道她已經和渠風分手，並且有了新歡。

佳燕一想到這裡，就不自覺聯想到以前看過的推理小說。推理小說有條常見的公式：第一個發現屍體的人，常常就是兇手。那麼，第一個發現安妮不見的渠風呢？他實際上涉入其中嗎？或者像是她最愛的那部電影《顫慄》裡的主角，見到好友全家慘死，到最後卻發現那個變態的兇手，竟然是——

天哪，眞是的。幾乎每五秒鐘就胡思亂想一次！那是電影！潘佳燕，妳的想像力也未免異常豐富了吧，再這樣下去說不定有天可以跟藤子不二雄老師並駕齊驅……

佳燕坐在電腦螢幕前，把一篇跟香港新浪潮導演有關的報告收尾，就在她分析完徐克導演的《蝶變》之後，螢幕右下角的MSN突然傳來了某人上線的訊息。佳燕直覺地瞄了眼，陌生的名字，看起來不像同學。

看起來不像同學？！

她急忙移動滑鼠，開啓了MSN，仔細一看，上線正是她等待已久的凶宅網站長。站長的暱稱是「原地打轉」，狀態正在線上。佳燕立刻傳了訊息過去。

≫您好，請問是死亡之家的站長嗎？

對方很快便回應。

≫是的，有什麼事嗎？

≫我在無意間逛到貴站，想請問貴站上刊登的凶宅介紹文，是不是隨便誰都可以發表，不一定需要新聞佐證？

≫有些事不見得媒體知道，所以本站並不要求非要媒體新聞稿當作發文依據。但經過我個人的了解，目前應該都是眞實消息，沒什麼作假的文章。

≫您都不擔心有人故意捏造凶宅傳聞，攻擊某棟房子是凶宅，然後造成屋主困擾嗎？

站長這次沉默了一會兒才回應。

≫都是眞的。我站上的文都是眞的。我可以保證。

回應完這句之後，凶宅網的站長就顯示離線了。佳燕想也知道一定被站長封鎖了。憑著這幾句對話，佳燕突然覺得自己曾經一度相信過凶宅網，眞是件蠢到家的事。這站長根本就沒有善盡查證之責，更加沒有做好把關的工作。哼，什麼爛網站！我這個笨蛋，竟然還爲了這個爛網站的文章緊張兮兮，天哪，自己都覺得自己很可笑。

佳燕本想刪除這位「原地打轉」先生，但滑鼠游標停在聯絡人清單上時，她卻沒將其刪除。本能告訴佳燕，不該這麼快刪除他，也許這人日後會派上什麼用場也說不定。這個念頭一成形，佳燕的理智面馬上跳出來喊話。

這位怪異的站長怎麼可能會在日後派得上用場？！

他是凶宅網站的站長，不是奇摩拍賣的呀！

我這是在幹嘛？一直跟自己對話個不停，搞什麼，我就這麼想當台灣版的諾曼．貝茲嗎？[3]Shit！

佳燕看了眼DVD架上的《驚魂記》[4]。親愛的諾曼．貝茲先生……我不是有意冒犯你，雖然你只是個虛構人物，但你和你老母還有那棟位在山坡上陰森的小房子實在對我影

[3] 電影《驚魂記》（Psycho, 1960）中之男主角，該角色由安東尼．柏金斯主演。

響太深刻了。

說到陰森的房子——

坦白說，她從來不覺得如今身處的這間屋子有什麼問題，也察覺不到什麼異樣。但是在歐陽渠風來的那天下午之後，不知道是不是心理因素作祟，她開始有種淡淡的恐懼。程度其實十分輕微，充其量就像是怕黑那種感覺：心裡明明就能確定根本沒事，但還是感到害怕。

佳燕的視線越過電腦螢幕，看著空白的牆面。幾分鐘後，她站了起來，匆匆走出房間，站在走廊上注視著自己房間與安妮房間各自並排著的門。兩扇房門約莫距離一點二公尺左右，隔間的水泥牆位置正好在中央，扣除標準室內磚牆約十到十二公分的厚度，照理說安妮的房間不該那麼小才對。

除非牆砌得特別厚。

佳燕環顧四周，確定周圍沒人之後，想要試著打開安妮的房門，沒想到這次卻無法開啓。門被鎖上了。門不可能自動鎖上的，這不是喇叭鎖，不會因爲關門的力道彈簧跳掉而鎖上，這是水平鎖，若要反鎖就必須轉上鎖，或者在外面用鑰匙鎖住。奇怪，是誰把安妮的房門鎖上了？這人難道知道安妮短期之內不會再回來了嗎？重點是，這個人又怎麼知道安妮的房門之前沒鎖呢？是在自己外出時安妮回來過嗎？

❹ Psycho，1960。由電影大師希區考克執導的驚悚恐怖電影，改編自羅伯·布洛奇的同名小說《精神病人》（Psycho），由美國威斯康辛州著名連環殺手艾德·蓋恩所激發起寫作靈感。影片描述一位捲款潛逃的女秘書和旅社老闆諾曼·貝茲的故事。該片被美國電影學會選爲AFI百年百大驚悚電影第一名。

Dream

大門發出響聲，維凌提著超市袋子，滿頭大汗地回到家。這房子真的什麼都好，就是太高了一點。四樓又沒電梯，平常也許覺得還好，但肚子愈大，愈覺得不方便上下。

「喔，妳好。」潘佳燕同學剛好站在房門口。

維凌笑著向她點點頭，「沒課嗎？」

「對，下午都沒課。」

「這樣啊。」維凌把菜提到廚房，這時背後傳來了佳燕的聲音。

「維凌姊，我有件事想請教妳。」

維凌一面把袋子裡的物品拿出來，一面回應，「怎麼了嗎？」

「妳最近有碰到安妮同學嗎？」

維凌的手停在半空中幾秒，又繼續動作，「沒有耶。我剛剛去銀行補摺，安妮同學這個月的房租也還沒入帳。我想說等會兒要留紙條給她呢。」

「紙條？那要留在哪裡她才會看到？」佳燕問道。

「這我也不知道，我會從房門底下塞進去吧，希望她會注意到。」維凌苦笑，「唉，不過要往下蹲才能塞紙條，光想就覺得累。」

佳燕仍站在廚房門口，她不置可否，「其實，我好幾天沒見到安妮了，我覺得有點奇怪。」

「咦，她是不是出去旅行了？」

「現在學校沒假期，都還在上課，應該不太可能跑去玩。」

維凌把塑膠袋整齊摺好，轉身對著佳燕，表情有些凝重，「她應該不會出什麼事吧？」

「希望不會。」

維凌雖然討厭安妮到了極點，但她從來沒想過要詛咒安妮發生什麼不幸。和許多脆弱的女人一樣，維凌唯一的期盼就是保住自己的男人，僅此而已。但是聽到佳燕的話之後，維凌心裡馬上泛起兩股不同但交纏難解的情緒。

一方面她很高興安妮似乎會永遠離開她的生活，另一方面則是純現實的考量——這女人沒付房租，勾引了我孩子的爸爸，現在拋下爛攤子就打算一走了之嗎？或者是，她眞的出了事，處理租約又得煩好一陣子。喔，在此之前我是不是該先稍微擔心一下那個小婊子的人身安危呢？去死好了，我沒那麼善良。但這種情緒可不能在佳燕面前表現出來，要假裝什麼都沒發生，實在很難。

所幸佳燕並沒有窮追猛打，當然，佳燕也沒有什麼理由去關心一個沒啥交情的室友。其實，在校外租屋的大學生連著好幾天夜不歸營也不是什麼了不起的事。至少維凌很確定，祐慶還算安分，似乎跟安妮的事沒有什麼關係。

人的心很複雜。維凌此刻完全體認到了這點。如果今天是毫無恩怨的潘佳燕同學連續幾天不見人影，也許自己早就焦急地四處找人了，說不定還會雞婆地向學校和警方報告這件事。維凌從以前就很愛管閒事。但現在不一樣了，維凌不知道自己為何變得冷血，而這種冷血到底只針對安妮一個人，還是對眾人都一樣？

收拾好廚房，把該放進冰箱的東西放好，維凌緩緩走回房。雖然客廳飯廳都是公共區域，誰都可以使用，但是這屋三組人馬不知為什麼，大家從來不曾好好坐在客廳裡過，全都窩在自己的房間之中。

佳燕的房門難得開著，她正在房裡換床單，窗戶也大開著，午後的陽光讓佳燕的房間看起來很明亮。相較於屋裡其他地方，看起來實在有點異常的明亮。維凌甚至感到陽光有些刺眼。

她轉身，然後打開了走廊對角自己的房門。沒開冷氣，但房裡很涼。一股睡意襲來，維凌在角落的小沙發坐下，往後腰補了個靠墊，閉上眼睛。

祐慶並不常準時回家。也許更正確的說法是，他根本沒有所謂的標準下班時間。誰知道什麼時候會有客戶出現，誰知道突然在下班前一秒出現的客戶會不會是難得一見的暴發戶？誰知道呢？於是爲了捕捉這難以預測的微薄機率，大家開始盡可能在辦公室逗留。

以上這些是祐慶的說法。維凌突然想起祐慶說的那些話，現在想來，根本就是爲了在外尋歡作樂所預先安排好的佈局。睡意仍然強烈，維凌甚至覺得自己已經睡著，正處於迷離的夢境之間。

夢裡她站在白色走道上。頭頂上的天花板很低，日光燈閃個不停，維凌低頭，但視線被高挺的腹部切斷，完全看不到自己的腳。女醫生還是護士之類的白色模糊人影慢慢走近維凌，面無表情地拉扯嘴角，製造出一個恐怖萬分的微笑。

恭喜妳，是雙胞胎兒子。

很像是女醫生的白色女子懷裡馬上多了兩個孩子。維凌再度低頭，腹部已變得平坦無比，地板上猩紅灘灘。她感到宛若生物似的胎盤經過產道，沿著她微開的腿往下滑動，濕黏如章魚。

當夢裡的維凌再度抬起頭來時，走道上抱著孩子的白衣女消失了。雖然意識清楚，知道自己正身處夢裡，但是維凌忍不住焦急張望，孩子們呢？她的雙胞胎呢？這是個什麼地方？人呢？其他人呢？她想移動，但腳卻動不了。

媽媽，媽媽，我們等好久了。

稚嫩的小孩呼喚聲由遠而近，兩名孩子手牽手雀躍地從遠處奔來。兩個男孩子長相一樣，是雙胞胎。

妳是我們的新媽媽！

媽媽！媽媽！

妳是我們的新媽媽！

孩子們的呼喊像是歌聲，像是不停重複著尖銳刺耳的童謠。蒼白又看起來十分怪異的孩子一直逼近無法動彈的她。喔不，維凌感到有物體因爲強大的外力，從產道反向被推回子宮，她渾身發顫，不自覺地想把腿張得更開，發出野獸般的低吼。不，不要這樣……維凌知道自己在呻吟著，意識的深處竟然浮起了被強暴般的混亂與絕望感。

夢境中低矮的天花板上，白色的日光燈在連續閃了幾次後終於熄滅。

她聽到有人開門，有人走向她。夢該醒了，是祐慶回家了。維凌就這麼在現實與夢境中掙扎了好一會兒——直到祐慶打開電燈，因爲看到維凌閉著眼張開雙腿坐在變成暗紅色的小沙發上而慘叫——維凌才感到下半身濕熱黏膩，溫暖潮濕的衣物緊緊貼著自己，她想睜開眼，但辦不到。

這是她第一次聽到祐慶以如此可怕的音量瘋狂嚎叫著。

奇妙的是，此刻維凌幾乎無法思考，只感覺自己又快要睡著了。

第五章

你早該知道

Twins

「雖然是早產，不過嬰兒都還算健康，嗯，另外，似乎需要做一下染色體檢查。」留著長髮，一臉濃妝的女醫生面無表情地看著手上的病歷。

「染色體檢查？」祐慶根本不知道那是什麼。

長髮女醫生簡潔地回答，「有可能是唐氏症[5]。」

「唐氏症？」

女醫生移動腳步，快速地走向護理站旁的白色櫃台，以武俠小說人物般驚人的速度在櫃上的壓克力報架中抽出幾份簡介，然後再快速地回到祐慶面前。

「這是唐氏症相關的介紹，如果有空可以上網看看。」女醫生雖然沒露出不耐煩的表情，不過她以很快的速度結束了對話，快步離開。

祐慶找了張長椅坐下，耳邊混雜著輪椅和護士鞋摩擦地板的吱吱聲。他不是沒聽過「唐氏症」，而是從來沒想過，唐氏症會跟自己的孩子扯上關係。唐氏症？怎麼可能，之前維凌產檢時不都很正常嗎？雖然是早產，但應該不可能會這樣……祐慶過了好一會兒，才用發顫的手指翻開其中一份簡介。

……唐氏症者最主要的問題是智障。一般而言，唐氏症患者屬於中度智能不足，隨年齡成長因為唐氏症患者的智能發展較緩，智商有相對下降的趨勢。但是實際上小孩的心理、運動和社交還是在持續成長。這種成長要到十歲以後才趨緩下來。有些唐氏症兒童在十歲以後還有將近五年期間的成長期，十五歲以後的智力才比較穩定。

這是什麼意思，是什麼意思啊？我的孩子，這是說我的孩子是智障，是這樣嗎？我的孩子，我的雙胞胎兒子，哈，雙胞胎兒子都是唐氏症，都是智障嗎？中度智能不足？智能不足？！我的孩子會像那些被世人同情又嫌惡的孩子，我的孩子會跟他們一樣，是嗎？然後呢？然後我的後半生呢？我和維凌從此之後就得一輩子照顧這兩個包袱，一輩子！哈哈！對，即使我老了，死了，但是痛苦仍然不會結束，我會擔心這兩個孩子，我會恐懼，我會不知道如何是好——如果有天我和維凌死了，那麼這兩個孩子怎麼辦？他們能活下去

❺ 唐氏症，包含一系列的遺傳性疾病，會導致學習、智能障礙等，最常見的是第二十一對染色體異常。命名源自在十九世紀末首次描述其病理的英國醫生約翰．蘭頓．唐（John Langdon Down）。

嗎？還是，乾脆別活下去算了？

宛如草原上奔騰的萬馬，種種念頭像是沉重的馬蹄，一下下踩在祐慶的心上。他不知不覺緊握住手中的簡介和傳單，兩眼直直地望著正前面某扇病房房門一角。如今他只想問爲什麼，到底是什麼造成這樣的局面。

他想起某次產檢時，醫生宣佈是雙胞胎時，他和維凌的興奮之情，他們幾乎高興得跳了起來，雙胞胎，天哪，這是多幸福的消息。諷刺的是，現在也是加倍的不幸。

祐慶回憶小學、中學時代，他曾經偶爾也會經過身心障礙學生的班級，那個年代大家稱之爲「啓智班」還是什麼的。祐慶現在突然想起，學生時代的某一天，他經過那裡，無聊地從窗戶探頭一看。那時是午餐時間，幾乎所有學生都以一種特別緩慢，又夾雜著遊戲般的步調在進食。比較嚴重的孩子是由老師們餵食，那些老師們總是發出平板而重複的聲調：「啊……張開嘴，來……啊……」手上動作未曾停過，但兩眼空洞，比喪屍電影裡的殭屍們好不到哪去。剎那間他同情的不是那些身心障礙學生，而是日復一日這麼做的老師們。另外那些還有能力自己吃飯的孩子，幾乎都是用奇怪的手勢拿著湯匙，吃得很慢，有時把嚼爛的飯含在嘴裡發呆，或者把食物拿來玩，搞得教室跟戰場沒兩樣。祐慶從來都不覺得那些情景會和自己有什麼關係，但是現在不同了，他得跟那群孩子一國，或許有天終將變得跟彷彿機械人似的特教老師一樣。

還有，以前屋主黃太太的兩個兒子……祐慶想起偶然在樓梯間碰到那兩個長相扁平，看起來蒼白異常的孩子，黃太太總是得吆喝著，才能把他們趕上樓，或者趕到樓下去。如今想來，孩子的爸爸，傳說中的黃先生，恐怕早就無法忍受，已經逃之夭夭了。

祐慶花了點力氣才閉上眼。他甩了甩頭。這個動作是想讓自己清醒，然而徒勞無功。這時，不遠處傳來男子的歡呼聲。大致上是在感謝醫生以及所有護理人員，男子的太太順利生下了不知道第幾個女兒，男子非常高興，正激動地致謝，而護士準備領他去看孩子。

那麼平凡那麼普通的景象，對祐慶來說卻如此遙不可及。他實在沒信心面對這一切，是不是逃跑比較好？能不能乾脆逃走算了？那樣的孩子身體裡竟流著自己的血，這是件多怪異，多令人難堪的事？

令人難堪。說出來也許會被所有人認爲冷血，但祐慶不想否認，生出這樣的孩子，他眞的眞的，覺得好難堪。他可以馬上預知大家的表情：住在南部的母親會哭個不停，怨嘆徐家是造了什麼孽才會受到報應；同事們個個會用同情的眼光看他，就像他以前看到相同情況的孩子一樣；然後，維凌會像個失控的瘋婆子，緊緊抓住他的衣袖尖叫著問爲什麼——

相信我，我比任何人都想知道，爲什麼。

不知道在長椅上坐了多久，直到祐慶的手機響了起來，他才茫然地摸索著，從長褲口袋裡掏出手機。他不太知道自己在幹嘛，不過他可以確定這通電話救了自己——雖然只是暫時。

祐慶搭電梯到了一樓，在醫院門口坐上計程車。他一上車便聞到司機先生嚼食薄荷超涼口香糖的氣味，祐慶這才陡然清醒。他告訴司機先生汽車旅館的位置，然後靜靜地嗅著計程車上芳香劑和薄荷口香糖結合而成的甜膩味道。

胡心晨在老地方等他。今天是他們固定約會的日子。祐慶不知道爲什麼沒直接爽快拒絕，維凌因失血過多還沒清醒，但是自己卻等不及想要奔向另一個女人。因爲不忠，所以老天用孩子來當作懲罰？不是因爲這種爛理由吧？

不知爲什麼，他想起了安妮。安妮也懷孕了，那麼，她會生下什麼樣的孩子呢？繼唐氏症之後再來個無腦兒？祐慶在心裡詛咒自己這些惡毒無賴的想法，但另一方面卻也不停地往黑暗的層面想去。在今天前，他從來不知道自己是走冷血路線的——他會永遠記得今天。

徐祐慶美好人生的終點，就是今天。

Home Alone

佳燕回到家的時候，還以爲發生了什麼恐怖的事。樓梯間有著血跡斑斑，家裡的鐵門完全沒關，裡頭的大門也沒鎖。更令她提心吊膽的是，屋子裡也都有血跡。她循著已經乾掉的血跡往前走，看到房東先生的房門大開，屋裡有座小沙發，附近似乎全都是血。

佳燕悄悄走進房東先生的房裡，看到一雙女用拖鞋歪斜地擺在小沙發前。該不會是維凌姊出事了吧？是不是流產什麼的？佳燕很快地轉身走出房間，然而，她不確定該不該清理走廊上的血跡。萬一這是案發現場的重要證據怎麼辦？！呃，應該不會吧，如果眞的是重要證據，兇手自己會處理乾淨才對。何況也許是維凌姊要生產了……

不過，血的氣味讓佳燕有點頭昏腦脹。下午剛看完一系列豚鼠[6]的影片，現在光是看到貨眞價實的血，就讓佳燕感到疲倦不已。老實說，今天竟然能撐著看完六部豚鼠，佳燕覺得自己實在是了不起。同時，那時的回憶也攻佔了她的心。跟高中時的情況比起來，這些東西其實只是電影，即使特效做得再好，也仍只是電影，跟她和詠欣、子鴻親身遭遇過的完全不同。也許以後在播這種變態電影時，大家應該順便在空氣裡噴一點有血味的噴劑，這樣會比較令人作嘔。

佳燕打開了自己的房門，打算暫時當作沒看到那些血跡。一旦清理起來會沒完沒了的。不過，像自己這種個性，竟然能對血跡視而不見，恐怕也不多了吧。

「你名叫叮噹，個樣似蜜糖，平易近人，清新開朗；我名叫KINGKONG，個款似JAMES BOND，最佳拍檔～」佳燕哼起了許冠傑的〈最佳拍檔〉，她想讓自己盡可能保持良好心情。

不知道爲什麼，自從搬來這裡之後，佳燕就時常處於一種難以言喻的低潮之中。情緒總是低落不已，對所有事都提不起勁，不管是學校的事，還是其他，總覺得什麼都不想做，只想懶懶待在房裡。那種感覺有點類似疲倦，但更加無力。

她把電腦開機，順手打開了螢幕，一面拿起了芥川龍之介的《地獄變》。小學時佳燕就讀過這本書，當時她無法理解這篇故事到底在說些什麼，只覺得良秀竟然看著自己的獨生女被活活燒死，這點實在是莫大的悲哀。不過，現在再重讀《地獄變》，佳燕已經很能理解良秀和女兒的選擇。他們是奴隸般的存在，若不想服從命運，就只有死路一條。良秀

❻ 豚鼠系列爲日本實驗電影，包含：《下水道人魚》、《他不會死》、《惡魔女醫生》、《血肉之華》、《惡魔實驗》、《聖母機器人》共六部，極盡血腥殘忍，攝於一九八五至一九九〇年間，但由於內容令人反感，幾乎未曾公開上映，爲地下電影界知名大作。

不希望女兒被奪走，女兒也不肯順從那位王爺，所以父女兩人除了死之外沒有其他選擇。淒慘。日本人也都說，母貓爲了不讓小貓被奪走，寧可自己吞下小貓……

……黃姓夫婦育有兩名雙胞胎兒子，很不幸地，這對雙胞胎都是重度智障。黃姓屋主數年前失蹤，其妻因照顧兩名重度智障兒而精神瀕臨崩潰，終於以利器殺害兩名親生子，並將屍體藏於屋中……

啊！怎麼又想起了那篇凶宅網上的文章？！這不一樣吧。雖然是捏造出來的文章，但佳燕多少可以理解。她從報章雜誌和很多書裡都看過，想死的父母，爲了不讓孩子孤苦無依活在世上受苦，都會打算同時把他們帶走。常常有先殺了孩子再自殺的新聞消息，看來這樣的父母不算少啊。

嘴裡還是哼著極輕快的歌，但心裡卻沉浸在一片黑暗之中。佳燕對於自己的心眞是無法理解，即使在當時，也不曾如此難受。親眼目睹屍體的衝擊，絕不是任何恐怖電影能表現出來的。那是一個曾經活生生的人，但是如今卻被兇殘地殺害，像是垃圾般被塞進置物櫃中……

佳燕霍地站起，開始在房裡來回度步。事情已經過了那麼久，爲什麼最近老是想起，爲什麼高中時那恐怖的畫面像是惡夢一樣揮之不去？！明明就已經幾乎不再對那件事有反應，可是，自從離開家之後，那帶來極大刺激與衝擊的恐怖事件開始如電影般在腦海裡不停播放。

有時候佳燕感覺自己像是個困在森林裡的童話人物。那座名爲往事的森林是如此陰暗潮濕，高聳入雲的樹木密集群聚生長，交錯的枝葉茂密，不管再怎麼抬頭，也無法感受到半點陽光，而自己像是格林童話裡的某個角色，繞呀繞的，在這座黑暗無比的森林裡狂奔，永遠都找不到出路。總有一天，她會被這座張牙舞爪的森林吞噬，成爲黑暗裡的一份子。總有一天。

負面的情緒高漲，佳燕總覺得再這樣下去，非得憂鬱症不可。難道所謂的創傷心理障礙[7]，竟然在事件過了那麼久之後才要開始？

佳燕停下腳步，在床邊坐了下來。忽然有種想逃離這一切的衝動，她幾乎不經思索地

[7] 創傷後壓力心理障礙症Post-traumatic stress disorder；PTSD，指人在遭遇或對抗重大壓力後，其心理狀態產生失調之後遺症。這些經驗包括生命遭到威脅、嚴重物理性傷害、身體或心靈上的脅迫。

把手機塞進口袋，一把抓起包包——

但是，在打開房門前的半秒鐘——佳燕根本已握住門把——她聽到了奇怪的聲音。非常微弱，但是卻貨眞價實。理論上，這屋子裡應該只剩她一人才對，安妮依舊下落不明，而房東先生和維凌姊也都不在……

走廊上有聲音。

佳燕輕輕放下包包，將臉貼在門上。那聲音不只一股，來來往往地，有點像是在擦地，又有點像是什麼小動物在地板上玩耍發出的輕微噪音。佳燕很想開門看看，又怕打草驚蛇。她仔細地聆聽了好一陣子，十分確定那聲音非常怪。由於不想打開房門，佳燕稍一考慮後，決定試著趴下來，從門縫底看出去。

本來，佳燕在心理建設時，預計可能會看到有人在走動，或者是蟑螂老鼠什麼的，她從來就不覺得那種恐怖電影裡的橋段會發生在自己身上。也許是因爲恐怖電影眞的看得夠多，所以反而比一般觀眾清醒。然而，佳燕此刻只有一個念頭，那就是幸好。幸好！幸好她在趴下去時，爲了怕自己發出聲音而摀住嘴。

看到了。她看到了。

短短的，青白色的腿腳跪在走廊地板上，還有小手，還有臉。

從門縫裡，佳燕看到的是兩個孩子正跪趴在走廊上，像狗一樣舔食著地板上的血漬。門縫空隙很小，她看不到孩子們的全身，只看到孩子朝著地板的側臉異樣扁平，瞇著眼，伸出暗紅色，非常長而柔軟的舌頭舔著地板。那舌頭幾乎不太像人類的，薄而長，十分靈活。

佳燕死死瞪著門縫外的景象，她幾乎沒辦法動彈，過了好一會兒，她感到手指傳來強烈的痛楚，這才拚命撐直身體，讓自己坐正起來。佳燕就這麼坐在房門後的角落，既沒尖叫，也沒昏過去。

她失控地喘息著，同時又強迫自己不要發出聲音，一來一往，費了極大的力氣。佳燕知道自己的確看到了，可是心中卻浮現一股聲音在反駁，堅稱什麼都沒有，那是幻覺，是因爲最近一連串情緒低潮，加上安妮失蹤所造成的無聊幻覺。媽的，最好是!奇怪了，在我寫不出恐怖分鏡時怎麼就不會產生幻覺?!

雖撐起了身體，但佳燕依舊無力站起。她茫然地看著牆角的插座，衣櫥與牆面之間的縫隙，任何視線水平所及之處。手指還是很痛，爲了不要發出聲音而被咬出血來。

佳燕再度想起了凶宅網上的文章。「……終於以利器殺害兩名親生子，並將屍體藏於屋中……」

噢不，別跟我開玩笑。佳燕忍著手指的痛，從口袋裡拿出手機，撥給子鴻。她從來不覺得自己是公主，也從來不幻想自己會遇上什麼白馬王子，但現在，她極需有人來拯救自己。

而且這個人還得剛好多配了一把這裡的鑰匙！

Kids

子鴻從來沒聽過佳燕那麼倉皇激動，又充滿顫抖的聲音。佳燕似乎怕被別人聽到似的，很努力降低音量，以至於他花了好一陣子才聽懂她那破碎模糊聲音所試圖要表達的意義。

「妳別怕，我馬上過去！」

子鴻很慶幸當初硬拗著佳燕多配一副鑰匙給自己。雖然當時佳燕一臉會被子鴻夜襲或者侵犯隱私權的表情，但爲了預防沒帶鑰匙之類的情況出現，佳燕最終還是同意了。只不過，他們兩人誰也沒料到會在此時此刻派上用場。

子鴻跳上他那輛被人家視爲異類的淡銀灰色，二〇〇三年出廠的Mercedes-Benz SL500，看來這輛好車的實力終於有機會發揮了。罰單？有誰看過英雄救美的英雄規規矩矩地按速限行駛不搶黃燈禮讓行人？何況錯過這次，恐怕以後也不會再有理直氣壯，可以狂飆的理由了。

「來吧，寶貝，」子鴻學著好萊塢電影裡的台詞，同時發動愛車，「讓我看看妳能做到什麼程度。」

讓Mercedes-Benz SL500發揮實力的代價，就是數不盡的罰單。除此之外，由於沒有打開電動硬頂敞篷，所以子鴻搞得灰頭土臉，同時也聽到不少被他超速的機車、騎車、路人的臭幹爛譙。某輛寶馬的車主直接探頭出來，以豪氣干雲的音量問候子鴻。其實那人應該不只說了這句，但由於車速太快，在那人說完「操你——」之後就聽不見了。

子鴻懶得去管什麼紅線黃線，方向盤一轉，把車打橫在佳燕公寓前，隨即跳了下來，從口袋裡掏出鑰匙。有時候，先見之明是很重要的。子鴻幾乎覺得自己太有頭腦了，一拿到佳燕公寓的鑰匙，就毫不猶豫地跟自己的串在一起。如果當時隨手一放，現在絕對找不到！

正當暗地自詡為英雄的子鴻三步併兩步眼看就要抵達四樓時，他卻硬生生在樓梯間停下了腳步。通往四樓的樓梯上有人。

一名矮小的老太太，穿著難得一見的旗袍和黑色繡花鞋，站在樓梯間和兩個看起來一模一樣的小男孩玩。老太太乾枯的手指裡捏著幾塊糖果，包裝紙上有銀色塗層，看起來十分古老，像是子鴻童年時在雜貨店裡看到的那種便宜的，有許多汽水口味的糖果。

老太太很艱難地彎下腰，用手中的糖果引孩子們過去，她臉上掛著無聲的笑。

三樓上四樓的樓梯間電燈忽明忽滅，而這一老兩小的三人組合完全沒發出半點聲音，站在樓梯間往上看的子鴻，有種正在欣賞無聲家庭錄影帶的感覺。那兩個小孩的長相有點怪，頭特別大，臉孔扁平，看起來智能有些不足。樓梯間那盞老舊的白色日光燈閃得更快了，幾秒後完全熄滅。

幸而樓梯間有扇小氣窗，路燈的光線斜斜射入。子鴻彷彿從夢中醒來，他不禁打了個寒顫。他拚命往上看，只看到四樓的樓梯間似乎空無一人。老太太和兩個小男孩不知到哪去了。子鴻緩緩爬上四樓，這是一棟雙併公寓，除了佳燕所租的那一戶，對門另有一戶人家。也許是那家的祖孫吧，子鴻想著。但是那種異樣的寂靜，使得那三人像是幻影般，讓子鴻感覺很不舒服。

子鴻並沒注意到，剛剛在白色日光燈照耀下，樓梯間的牆上出現了一抹不屬於任何人的黑影。那束黑影彷彿有生命的壁虎，沿著牆面緩緩滲入了佳燕所租的公寓中……

佳燕的公寓鐵門是敞開的，裡頭的大門也沒鎖。子鴻把鑰匙塞回牛仔褲口袋，推門進屋。客廳裡的燈是開著的，屋裡完全沒有異狀，一如往常。子鴻走近佳燕的房中，輕輕敲了敲門。

「潘佳燕同學？」過了好一會兒，佳燕都沒回答，但子鴻的手機卻響了起來。是佳燕打的。「喂，佳燕，我已經到妳的套房啦，妳在嗎？」

「剛剛，剛剛敲門的人，眞的是你？」

子鴻不解，「當然是我啊，我就在妳門外。我要開門進去囉。」

「門有上鎖。」佳燕說著，便掛上電話。

子鴻再度拿出鑰匙，打開了佳燕的房門。房裡只點著一盞床頭燈，有些昏暗，子鴻走進房裡，順手關上房門。

「怎麼了？發生什麼事了？」子鴻盡可能溫柔地問。他從沒見過佳燕如此驚駭瑟縮的表情。

「……你剛剛走進來的時候，有沒有看到走廊上和樓梯間有血跡？」

「沒有啊。」

「你確定？」佳燕圓睜雙眼，放下原本緊緊抱住的枕頭。

子鴻想了幾秒，「非常確定。」

「……」佳燕似乎在思考著什麼令她害怕的問題，她的呼吸十分急促。

Clues

「佳燕啊，我看得到喔。」

「看得到什麼？」

「從那時開始……我就看得到一些畫面……」詠欣再度含著大拇指，聲音變得不清楚，「如果喜歡的話就是天堂……但是，一般人卻覺得那是地獄。」

佳燕一頭霧水，「什麼意思？」

「……妳厭倦了虛假不是嗎？眞正的恐懼很快就會……」

在等子鴻過來的時間裡，佳燕花了很大的力氣才搖搖晃晃地站起，她爬上床，縮在床頭平貼牆面的角落。一開始令她好奇的怪聲，不知在何時已經消失，驚慌與恐懼雖然還未完全消退，但疑惑卻像是水銀溫度計上遇熱的汞柱，一下子狂飆上衝。

那天詠欣說的話，完全佔據了佳燕的腦海。那是種預言，是預言。詠欣看得到，她看到了即將發生在我身上的事。還有，還有那個凶宅網的站長，他沒騙我，這房子有問題，凶宅……是凶宅沒錯……那兩個小孩……一想到方才看到的畫面，佳燕便反胃想吐！

「佳燕，佳燕？！」子鴻不知何時已坐在佳燕身邊，用力地搖晃著她。

「喔，天哪……我沒有喜歡恐怖電影到那種程度……」佳燕的眼神從無盡空洞中回復，她看著子鴻，「我只是看久了，習慣而且了解那些電影，並不是打從心裡喜歡或者熱愛。」

子鴻攬住佳燕，像安慰孩子似地輕輕拍著她，「我知道。不過……爲什麼突然說起恐怖電影的事？」

「詠欣啊——你記不記得我上次去看詠欣，她有跟我說奇怪的話？」

子鴻略一思索，回答道：「就是說什麼……如果喜歡的話，就會很高興還是什麼的，還有說……眞正的恐懼會降臨……是這樣嗎？」

佳燕抬起頭，看著子鴻，「她說，眞正的恐懼很快就會……沒說降臨……你怎麼會想到恐懼降臨？」

「喔，只是感覺，似乎那句話後面就該這麼接。」子鴻注視著佳燕，「佳燕，妳還是沒告訴我，到底剛剛發生什麼事了。妳看起來受了很大的刺激還是驚嚇。」

佳燕非常難得地緊緊回抱住子鴻，「我不知道。」

「不知道？」

「我真的不知道，到底發生了什麼事。不，應該說，我不知道自己到底看到了什麼，是不是幻覺。但，我真的很害怕。就連那時打開置物櫃，看到——看到俞沛倫的屍體時，都沒這麼害怕過。」

「天哪……妳到底看到了什麼？慢慢來，慢慢告訴我。」子鴻輕吻了一下佳燕的額頭，他有種很不好的預感。

佳燕靜靜倚著子鴻，幾分鐘之後，才慢慢開口。「我回來的時候，看到地上有血跡，然後，我沿著血跡走到房東先生的房間……我猜可能是維凌姊早產了……然後就回到自己的房間。後來，我聽到了奇怪的聲音，我……我不知道自己在幹嘛，總之，我就趴在房門口，從門縫底下往外看。」她頓了一頓，用力地吸了口氣，才繼續說道：「我，我看到有兩個小孩，用舌頭……用舌頭在舔地板上的血跡！」

子鴻不由分說，再度擁抱著佳燕，此刻他也感受到一股極陰森，極怪異的氣氛。這麼說來，剛剛在樓梯間看到的……人不可能無聲無息的活動，無聲無息的消失，即使是強如大衛．考柏飛⑧那樣的魔術師也辦不到。

「……你幹嘛不出聲？覺得我瘋了？」佳燕換了個方向，看著子鴻。

子鴻苦笑。「不，我覺得妳很清醒，而且，我想那是眞的。」

「你在安慰我。」

「我是眞的這麼想。」

佳燕忽然坐直身體，掙脫子鴻的懷抱，她以一種無比聰慧、無比冷靜的目光看著子鴻，「親愛的曾子鴻先生，你，該不會也看到了什麼吧？」

「……我最近有沒有稱讚過妳很聰明？」

「沒有。」

「那現在說還來得及嗎？」

「曾子鴻！」佳燕抓起枕頭狠敲了子鴻一下，「你眞的看見了？你看見什麼？」

「就……剛剛上樓的時候，看到樓梯間有個怪怪的老太太，在跟兩個小男孩玩。本來不覺得很奇怪，但是，現在回想才覺得，那兩個小男孩看起來很怪，好像泡在水裡很久，毫無血色，青白青白的……而且……」子鴻感到一股惡寒，「很怪，他們沒發出任何一點聲音，然後燈滅了，人也都消失了。嗯？妳在幹嘛？」

佳燕不知何時已跳下床，用力拉開衣櫥的門，「你說呢？我當然是在整理行李，馬上搬走啊！不管這裡是不是凶宅，我都——」

「都怎樣？」

佳燕停住了動作，手上還拎著從衣櫥底翻出來的皮箱，她瞄了眼桌上電腦，說道：「我想再跟凶宅網的站長聊聊。你去幫我收拾東西，我先上MSN看看。」

「好，知道了。」

佳燕深呼吸，之後拉開電腦椅坐下，很快地登入了MSN。然而，一如往常，凶宅網的站長「原地打轉」先生，狀況顯示爲離線。

「也許明明在線上，只是故意裝神秘……」佳燕不死心地傳了離線訊息過去，希望能獲得回應。

》不是不相信我嗎？

沒想到對方果然在線上，只是狀況顯示離線而已。

》站長先生，你之前說你網站上的文章都是眞的，對吧？

》是。

》那麼請確認，這個連結上的文章也是眞的嗎？

❽ David Copperfield，生於一九五六年，美國紐澤西州。從孩提時代即熱衷魔術，其演出票房即使《貓》或《歌劇魅影》亦望塵莫及，創下世界紀錄「史上獲獎最多」、「史上第一位在好萊塢星光大道留名的在世魔術師」。最廣爲人知的表演有《消失的自由女神》、《穿越長城》、《死亡鋸》等。

≫當然是眞的。

≫所以這間房子的確發生過慘案？

≫小姐，妳有必要一直重複確認嗎？

≫你，怎麼知道我是女的？

對方不再回應，佳燕本能地環顧四周。她的MSN暱稱一直都是「HIGH TENSION」，英文直譯是「高壓」，恐怖電影愛好者則知道，「HIGH TENSION」是部血腥名片，有人譯作「顫慄」、「高壓電」或者「血色月亮」。佳燕的MSN帳號也相同，這些完全都沒透露出跟性別相關的線索，但是，那位站長先生卻知道她是位小姐……

≫站長先生，你還在嗎？

≫太奇怪了，那篇文章該不會就是你發的吧？

≫請你回應我一下好嗎？

≫我眞的有很重要的問題要請教你，拜託你回覆我！

≫站長先生，你到底怎麼知道文章裡說的房子是凶宅？

≫請你快點回覆我，我眞的需要知道答案！

≫也許你不相信，但這對我來說非常重要。

≫我想你不會就這麼離線，請你把知道的都告訴我，拜託！

即使害怕，但佳燕仍想知道這究竟是怎麼一回事，她焦急地敲打鍵盤，但對方始終沒有回應。

「佳燕，妳沒事吧？」整理行李到一半的子鴻，轉頭問道，「找到那個站長了嗎？」

「我快瘋了。」佳燕叫道，「你過來看這段對話。」

子鴻走近螢幕，仔細地看了MSN的訊息紀錄。「沒什麼啊。」

「他知道我是女的，這不奇怪嗎？」

「……是有點奇怪。但，我覺得還是有合理的解釋。」子鴻扶著佳燕的肩，「妳聽我說……」

「不需要開場白了，快點！」

「假設站長先生其實剛好是附近的鄰居，那麼他就很有可能知道這棟房子是凶宅，所以那篇文章是成立的，另一方面由於他是鄰居，所以也有可能知道這棟房子裡住的是女大學生，所以當然知道妳的性別啦。」

「說不通！他怎麼能判斷對他提出問題的我，就住在這棟房子裡呢？」

「如果妳不住在這裡，有必要對這篇文章裡說的凶宅這麼在意嗎？」

佳燕搖搖頭，「也許眞的如你所說那樣，他有理由推測出我是女生。可是你所說的完全基於一個無法證明的假設，而且可能性非常低。他就這麼剛好是鄰居，又這麼剛好知道這房子是租給女學生，還這麼剛好猜中我是房客？」

「我知道我的推測沒什麼說服力。」子鴻彎腰，把佳燕連椅帶人轉向自己，「那妳想想，如果這位站長根本不是鄰居，但卻知道妳，這樣不是太恐怖了嗎？」

「……最恐怖的才不是那樣……」佳燕定睛看著子鴻，點開了連結，「你知道凶宅網上的文章說什麼嗎？你自己看。」

……黃姓屋主數年前失蹤，其妻因照顧兩名重度智障兒而精神瀕臨崩潰，終於以利器殺害兩名親生子……

「這有沒有讓你想到什麼呢？」佳燕故作輕鬆，但語氣卻令人不寒而慄。

子鴻注視著螢幕，LCD發出的亮光使他的側臉看起來充滿電影般的藝術感，半晌後他才緩緩回答，「當然有——那兩個怪異的小男孩！」

She

渠風獨自來到安妮和佳燕的公寓外，他站在對街，靜靜地看著黑夜裡的樓房。其實他這幾天多少都做好了心理建設，安妮的失蹤要嘛就是場鬧劇，要嘛，就是場該死的悲劇。不論結果爲何，都不會是好事。

不過，這就像是廣告後才會接曉的《料理東西軍》一樣，廣告期間總是如此令人焦急。渠風看看錶，現在是晚上八點多。有點奇怪的潘佳燕同學好像也不在家，整層四樓都沒亮燈。

呵，那位奇怪的潘佳燕同學。渠風不禁笑了。潘佳燕是個怪怪的女孩子，非常喜歡一些跟她本人相當不搭調的東西，興趣也很奇妙。新生訓練時，輪到她上台自我介紹，內容大都是沒人聽過的電影，頓時讓台下的渠風有種「果然是戲劇系新生」的感覺。

然而這陣子，渠風隱約覺得佳燕有些改變。首先是活力。她的活力好像衰退不少，雖然她本來就不是認眞聽講的好學生，但最近分組作業時竟一反常態地提不起勁，而且也糊裡糊塗，忘東忘西的。此外，一種非常難以形容的感覺在佳燕身上出現，如果要說是恐怖，那也不算（好端端的活人有啥恐怖），要說是陰沉……是有點接近，但卻並不如此單純。簡單來說，佳燕給人一種死氣沉沉的感覺，彷彿她所到之處，都會有不好的事情發生。

渠風基本上算是無神信仰，他很好奇自己爲什麼會對佳燕產生那種怪異的感受，這一切並沒有什麼明顯的原因，只是疑問卻總在渠風的心中盤旋不去。如果初識佳燕時她就散發出那種氣息的話，渠風反倒還不覺得什麼，可惜並非如此，是最近才這樣的。

不過，佳燕的事輪不到渠風來操心，佳燕的男友看起來人很好，據說在高中當體育老師，雖然這兩個人看起來實在不搭，然而實際上個性似乎意外地適合。緣分總是如此奇妙。

這時，渠風注意到了停在公寓前一輛漂亮的淡銀色敞篷車。這附近並不是特別高級的地段，沒想到會出現這麼輛好車……啊，那不是……那不是佳燕嗎？！渠風沒想到公寓的一樓大門竟突然打開，拎著大包小包行李的佳燕衝了出來，接著是辛苦地抱著電腦主機的子鴻。

這麼狼狽的兩人說實在和那輛默西迪絲敞篷車非常不搭。渠風本想過去叫住他們，但是看到他們急促倉皇地跳上車後便放棄了這個念頭。

「連電腦都搬走了，這是什麼情況？」渠風喃喃道。

「喂，少年仔！」這時渠風背後傳來一股粗喝，「你在恁爸店頭站這麼久，到底是要幹嘛啊？」

「喔呃！」渠風差點忘了，自己所站的位置是一家飲料攤。他連忙掏出皮夾，「歹勢啦，老闆，我要大杯的珍珠奶茶。」

「一杯喔？那後面的小姐咧？」跟賣飲料比起來，長相更適合賣豬肉的老闆看著渠風身後，「一起的嗎？」

渠風不自覺地順著老闆的目光微微轉頭，不看還好，一看之下他不禁大叫：「安妮？！」

安妮嘴角露出輕浮的笑，「到我家去坐坐吧。」

直到渠風隨著安妮爬上四樓，又接著打開門，再接著走進安妮的房間，他都還沒意識到這究竟是怎麼回事。在渠風心裡有股聲音亂竄，那聲音說著，安妮沒事，太好了，她沒事。

安妮關上房門，在渠風面前坐下。一切似乎沒什麼不同，她看起來氣色還好，不像是受了傷還是生過病。

「媽的，」渠風此時終於有種鬆口氣的感覺，他低低迸出一句，「妳他媽嚇死我了，嚇死所有人了！」

「呵呵。」安妮在渠風對角坐下，「很著急嗎？」

「廢話！我眞被妳嚇死了。妳到底跑哪裡去了？爲什麼不開手機？妳是不是出了什麼事？」

「哎喲，你一次問這麼多，我怎麼回答啊？好啦，別激動嘛。」

渠風忍不住跳起來，「我哪能不激動？！法文系的教官已經去報警了，妳知道嗎？」

「我知道，都知道啊。」安妮忽然低頭，玩著自己上衣的鈕釦，「我還知道，這世界上唯一眞正關心我，會在意我的人，就只有你了。」

「幹別說這些，氣死我了！」只有對安妮，渠風才會滿口髒話。很奇怪，只有面對安妮時，渠風才會不加掩飾也毫不客套。「妳以爲這樣說我就會原諒妳嗎？想得美！如果今天妳沒把發生的事交代清楚，我絕不饒妳！」

「呵呵，要怎樣不饒我？」安妮逗著渠風，滿臉笑容。

「喂，妳不要鬧了，我，我眞的很擔心妳耶。我還拜託妳隔壁的潘同學讓我來妳房間看看哩！」

安妮緩緩收起笑容，「……潘同學人很好。」

「是啊，而且不會無故搞失蹤。」

「哈，你現在是針對我？」

渠風嘆口氣，正色道：「安妮，如果妳眞的不想說，那就別說，我也沒那麼好奇，沒那麼喜歡打破砂鍋問到底。但是，妳就這樣不聲不響要消失，大家都很爲妳擔心，妳難道沒想過這點嗎？」

安妮再度低下頭，「我知道，所以我一能夠自由行動，這不馬上回來了嗎？」

「什麼意思？什麼叫能夠自由行動？難不成，前幾天有人限制妳的行動嗎？」這下本來不打算追問的渠風，現在馬上改變了心意。「妳說清楚，我不明白。」

「反正……說了你也不會懂……前幾天，是有發生一些事……哎呀，你總有一天會知道的……」安妮把長髮攏到耳後，從椅上起身，坐到渠風身邊，「歐陽渠風。」

「幹嘛？」

「把手給我。」

渠風依言伸過了手，帶著幾分無奈苦笑，「想幫我看手相？」

「不是。我的手很冷，想取暖。」安妮俏皮笑笑，把自己柔軟的手掌疊在渠風的大手上。

「哇靠，妳好冰！」若說是冰塊未免太誇張，但確實很冷。渠風覺得自己太蠢了，竟然聯想到退了冰的冷凍肉。

安妮藉機依偎到渠風懷裡，她安穩地閉上眼。「你能答應我兩件事嗎？」

「說啊。」

「第一，你之後要是碰見隔壁的潘同學，無論如何都要勸她別再管這裡的事——辦得到嗎？」

渠風不解，「爲什麼？」

「哎喲，你就爽快答應嘛，不要問了。」

「……但是她一定會反問這是什麼意思，那我該用什麼理由？」

「到時你自己編一個就行了。快點答應，還有另一件事呢。」

渠風抓抓頭髮，「好吧，就答應妳。第二件事呢？」

安妮睜開眼，向渠風甜笑，「你可以，再抱我一次嗎？」

「喂！雖然說我很想，啊，不是，雖然說我們以前是男女朋友，不過現在，妳不是交了新男友嗎？我不想。」渠風臉紅脖子粗地拒絕。

「可是，我跟那個大爛人分手了。」

安妮根本不給渠風第二次拒絕的機會，她緊緊地抱住渠風，輕柔地獻上朱唇。而渠風腦袋裡一片混亂——今晚的安妮太奇怪了！看來，是失戀了吧，所以才說和男朋友分手了，而且失蹤了整整一週……這種種念頭先是交錯混雜，但隨著兩人呼吸變得急促，並且粗暴地扯去對方衣物開始，渠風的腦子逐漸變得一片空白……非常空白。

Tracing

好車不愧是好車。回程時當然招來了路人和其他駕駛羨慕嫉妒的眼光，以及不少罰單。平常佳燕非常不喜歡子鴻開快車，但今天完全例外，她充滿著一種焦急驚懼的心情，只能麻木地待在副駕駛座上。

子鴻是和兩個朋友一起合租整層公寓，房東之前重新裝修過，三間房都是套房，租金合理，地點也還不錯。附近有停車格，但子鴻還是租了個室內平面車位，畢竟他的默西迪絲也還算有點身價。

「走吧。」子鴻不忘紳士地替佳燕開了車門。

「住你這兒，你的室友不會說話吧？」佳燕問道。

「我們三個人是很有默契啦，不要製造噪音擾人清夢就行了。」

「……製造噪音？！你這變態！」

「幹嘛打我，我——我不是說那個啦！我是說好比三更半夜還在那邊吵架講話什麼的……妳自己心術不正。」

佳燕瞪著子鴻，幾秒後突然笑了出來。「喔，天哪。」

「幹嘛？」

「我忽然覺得鬆了口氣。」佳燕下車後開始提行李，「很奇怪，我只要待在那間屋子裡，就覺得懶洋洋的，渾身不對勁，情緒也很低落。」

「唉，都是我不對。」

「跟你有什麼關係？難道凶宅是你造成的？」

「那倒不是啦。」子鴻使勁扛起電腦主機，另一手掏出鑰匙，「一開始妳說看到凶宅網的文章時，我就該鼓勵妳搬家才對。」

「拜託，你自責什麼？也不過就幾天前的事而已。何況，其實我也沒怎樣，只是被嚇到罷了。」

子鴻皺眉，「什麼只是被嚇到，這樣我怎麼跟伯父伯母交代？」

「交什麼代啊，他們又沒付保姆費給你。」

「話不是這樣說的，潘同學。」

「那是怎樣說的？」

「這……總之有損我這個未來女婿的形象啊！萬一被扣分那就不妥了。」

佳燕哈哈一笑，「怕被扣分的話，就不應該帶我到你家住才對呀。」

「……其實這附近有家旅館好像還不錯，要不要去那裡住？」

「是不是真的不錯啊？」佳燕微笑。「你帶了多少女生去住過啊，親愛的？」

「唔！有殺氣……」

子鴻和佳燕聊著沒啥建設性的話，不知不覺就到了子鴻家。佳燕不是第一次來，但從來沒在這裡過夜。一想到這幾天要暫時和幾個臭男人窩在一起，佳燕就有種無力感。但無力感又如何？總比恐懼感強個幾百倍吧？一念及此，佳燕便下定決心要隨遇而安。無論如何，那房子太奇怪了，她再也不想靠近一步。

「我回來了。」子鴻朝著屋內大喊一聲，「阿根！男乳！有客人來了。」

「喂，你的室友不是阿根和川哥嗎？男乳是誰？」

「男乳就是川哥啊。因爲他的新馬子是童顏男乳，所以……」子鴻正經八百地解釋。

「很低級耶你！童顏童乳已經很那個了，什麼童顏男乳，太過分了！」佳燕抽出手狠狠揍子鴻一下。

「不是我說的啊，男乳自己說的……」

這時一名穿著白色汗衫和深色碎花短褲的男子搖著蒲扇從房裡走了出來，「咦，佳燕，好久不見啊！」

「川哥你好。」佳燕無論如何都不想改口叫他的新綽號。

「嗚嗚，我太感動了！現在只有妳肯這樣叫我了，來，我請妳喝可樂。」

川哥的本名是長谷川明。父親是日本人，母親則是正港的台灣人，父母在他小時候就已離異，他由母親獨力扶養長大。川哥長相看來十分普通，是那種走在街道絕不會被朋友認出的平凡人，在家裡的打扮，就像是港片裡七、八十歲的老頭——白汗衫和短褲，脖子上掛串金項鍊，外加把蒲扇，只差沒拎著一籠小鳥去喝早茶。不過他的眞實身分是位網路工程師兼某國立大學的博士候選人。據聞川哥和子鴻、阿根都是高中同班同學，算得上是死黨。

「根哥呢？」佳燕順口問道。

「不知道，大概跟馬子出去了吧。」川哥跳到佳燕面前，「佳燕，妳帶這麼多東西來……是終於想通了嗎？」

「想通什麼？」

「來跟我們的純情美少年曾子鴻同居，給他開苞啊！」川哥嘻嘻嘻地笑著，如果去演電影，一定能獲得皮條客的角色。

「喂！你這個混帳王八蛋！」子鴻忍不住一把抓住川哥，「你一秒鐘不低級就會死是吧？」

「嘻嘻，我開個玩笑嘛！喂，佳燕，妳看子鴻臉都紅了，妳可要憐香惜玉唷！」

「爲、爲什麼我覺得我跟子鴻的角色應該對調啊？」佳燕不知說什麼才好。

「那也行。我可以再問一次。佳燕，妳終於想通了嗎？妳終於決定讓子鴻把妳開——唔呀喂嘿——媽的很痛耶！」川哥以極快的速度倒向地板，他哀怨地抬起頭，朝著天花板唱獨角戲：「喔，神哪，這世界如此黑暗，世人總是無法容忍我的坦白與正直～」

「喂，你自己去耍白爛好了。」子鴻甩甩手，「佳燕租的那間套房出了一點事，所以先搬來住幾天，你不要在那邊亂。」

「出事？」川哥索性揮起扇子，「出了什麼事啊？鬧鬼？」

佳燕一愣，「……你怎麼知道？」

「這年頭在外租房子的人，有幾個沒見過鬼啊？」川哥一副過來人的樣子。

「……話不是這麼說的吧？」子鴻嘆口氣，「我先把電腦搬進房。」

「對了，說到電腦！」佳燕興奮起來，「川哥，你是網路工程師對吧？」

「係哩！有什麼我可以效勞的地方，親愛的佳燕妹妹？」川哥一面說著，一面從地上站起，用扇子拍了拍短褲，「媽的子鴻這傢伙眞是拳拳到肉。」

「如果知道某個人的MSN帳號，能查出來他在哪上網嗎？或者，知道某個網站，那能查出網站的主機架在哪嗎？」

「可以啊，不過要花點時間。」川哥終於收起白爛嘴臉，正經起來的川哥非常有架式（如果不看服裝的話）。「MSN帳號就是E-mail，如果那個人有在使用，那麼就可以找得到IP，找到IP，就有可能找到上網的地點。」

佳燕拍手，「太好了，川哥，你能幫我找一個人嗎？我拜託你，這事很重要。」

「沒問題！反正我最近剛好正和幾個達人級的駭客搭上線，就算我不行，也可以拜託他們。」川哥哈哈笑著。

「那別浪費時間了，快點來幫我吧！」

「喔喔，妳這麼積極，人家會不好意思……」川哥用蒲扇半遮臉，故作嬌羞。

天哪，天才跟瘋子果然只有一線之隔。佳燕在心裡嘆氣。可憐的子鴻，從高中就認識這個怪人，實在太令人同情了！

Peony Lantern

渠風其實不很記得，安妮最後到底跟自己說了些什麼。去除掉香豔火辣的部分後，幾乎什麼都不剩了。

他花了點力氣，從床上起身，揉揉眼，摸索著打開床頭燈。安妮不知道去了哪裡，但她的手機正無聲地閃動著，在書桌上。渠風下了床，套上短褲，拿起安妮的手機。她的手機外螢幕閃著「大家」兩個字。他有點猶豫該不該接起，但爲了尊重安妮，渠風還是假裝沒聽到。

「又跑到哪裡去了？眞是的。」

渠風在床邊坐下來，窗外吹來了涼涼的夜風，這是個有月色的夜晚。渠風此刻的心有點亂。很多人都曾跟前女友上床，現在，自己也變成那票人之一。渠風的確還是喜歡安妮，只是那種感情比以往更複雜。喜歡某個人，但不見得相守就一定會幸福。媽的人生眞悲哀。

安妮的手機停止震動和閃燈了。渠風再度瞄了那支手機一眼。剛剛打電話來的是「大家」……什麼怪名字啊……「大家」……哈，不會吧，日文的「房東」，唸作おおや，寫成漢字就是「大家」。

「你在幹嘛？」安妮問道。

「……妳、妳什麼時候走進來的？」

「剛剛啊。」

「是喔……嚇我一跳。」渠風說道，「妳手機剛剛響了，有人找妳。」

「喔，不用接啦。是那個大爛人打的。」安妮瞄了眼手機，無奈地說道。

「可以說說你們爲什麼分手嗎？」

安妮換上輕鬆表情，「我懷孕了，那個人不承認。」

渠風嚇得跳起來，「妳懷孕了？那怎麼可以跟我——」

「渠風，你知道嗎？我覺得自己很蠢。我，我是說，我怎麼會笨到，笨到懷孕呢？我覺得自己眞的是蠢貨，非常蠢。」

「妳說，那個男人不承認？」

「不承認啊。他言下之意是指我私生活很亂，說不定只是想賴在他身上。」安妮嘆了口氣，她的側臉看起來沒什麼血色。

「妳……接下來打算怎麼辦？我指的是小孩。」

「這個你就別擔心了。」安妮又展露微笑，但卻更顯寂寞。

渠風不知道該說什麼才好，他想說點什麼，遲疑了一陣子，反倒什麼都說不出口了。他是眞心替安妮難過，也打從心裡想宰了那個男人。

「渠風。」

「嗯？」

「別替我的事煩心了。」安妮說道，「你看，我不是還好好的嗎？」

「哪裡好了？妳根本面無血色，身體冰涼涼的。」

「有嗎？我不覺得。嘿，你有沒有聽過一個鬼故事，叫作《牡丹燈籠》[9]？」

「不但有，我還看過電影呢。就是一個美女死後化作厲鬼，夜夜提著牡丹燈籠來會情郎的那個故事嘛。」

安妮點點頭，「我啊，突然覺得那個故事好浪漫。」

渠風隨口應道：「是很有浪漫成分。」

「那種愛情，很特別吧？」

「大概那就叫作至死不渝。幹嘛突然說起《牡丹燈籠》？」

安妮側著頭，看著渠風，「因爲我也想要至死不渝的愛情啊。」

「誰不想要……很可惜，那都是故事，而且是鬼故事。」

「……你說得對，人鬼戀，總是沒好結局。」

「是啊，《倩女幽魂》、《鬼新娘》[10]、《胭脂扣》……這些人鬼戀的電影有哪部是好結局了？喔，除非是《大鬧廣昌隆》[11]，那就勉強算是好結局……」

「大鬧廣昌隆？結局是怎樣的？」

「女主角先當了鬼，結局男主角也掛了，這樣才能永遠在一起。」

安妮沒吭聲，過了一會兒才說道：「我多少能了解那種結局。」

「怎麼說？」

「一個人……眞的很寂寞。《牡丹燈籠》也是，《大鬧廣昌隆》也是……哪個女人不希望有人疼，有人陪。」安妮垂頭，「怎麼辦，我也希望有人陪我……」

「哈，我這不是正在陪妳？」

「只有一個晚上而已。」安妮忽然抬起頭，爽朗一笑，「渠風，我一直以來都很任

[9] 日本民間極有名之怪談，約莫創作於日本寬文六年（西元一六六六年）。故事敘述旗本千金阿露和浪人新三郎相戀，兩人後來分開又重逢，誰知阿露早已死亡，夜夜提著牡丹燈籠而來。

[10] 鬼新娘，一九八七。描述周潤發飾演的小混混和鍾楚紅飾演的女鬼相戀，但最後幾經波折，仍陰陽相隔。

[11] 大鬧廣昌隆，又名牽魂，一九九一。陳果導演，改編自港九廣州一帶流傳已久的人鬼戀故事。片中女鬼藉著電台廣播哀訴冤情，後來引出其丈夫和情婦，最後女鬼被消滅，其丈夫與情婦亦身亡，三人在陰間重聚。

性，從來都沒珍惜過你以前在我身邊的那段日子，很對不起。」

渠風一愣，「幹嘛這樣說？」

「我就要離開這裡了。其實我很自私，剛剛差點帶你一起走，哈哈，我眞壞。啊，眞的，我眞的很謝謝你。知道這世上還有人喜歡我，擔心我，這讓我很開心……那些痛苦，那些……那些恐懼，好像都消失了。」

「太奇怪了。妳說的話太奇怪了。妳說要離開？學校呢？要休學嗎？失戀的感覺我知道，是很痛苦沒錯，可是有必要就這樣放棄妳原本的生活嗎？安妮妳不該這麼脆弱，我認識的妳不是這種會逃避的人。」渠風激動起來。

「那我原本是怎樣的人？愛玩，把別人的眞心當作垃圾般對待，自以爲是，這樣就是原來的我嗎？」安妮平靜地說道，「有的事，你不明白。」

「妳不說我怎麼明白？」

「恐怖大師史蒂芬．金在小說裡寫過一句話：『偶發的邪惡會引起蓄意的邪惡，到最後，黑暗會吞噬一切。』這個，我深切體會到了。」安妮不疾不徐地說。

渠風沒辦法理解安妮的話。她的表情既熟悉又陌生，雙眼裡透著一股異樣的寂靜感，似乎不含任何情緒，也沒有任何人事物能激起她的些許反應。

「渠風。」

「嗯？」

「再抱我一下。別誤會，我說的是那種朋友間充滿溫暖的擁抱。」安妮對渠風張開雙臂，「給我點友情的支持，好嗎？」

「白痴。當然好。」渠風從床邊站起，用力抱緊安妮。

「你是好人。」

「……嫌我好人卡不夠多嗎？」渠風閉起雙眼，多希望自己能帶給安妮溫暖和鼓勵。

「哈。你要知道，我很捨不得你。」

「所以就別離開呀。」

安妮以微弱的聲音嘆了口氣，「我真的得走了。渠風，再見。」

「再什麼見什麼……」

渠風猛然睜開眼，他感到自己的雙臂突然緊緊貼向身體！消、消失了？在他懷中的安妮呢？渠風驚懼地低頭看著自己的雙手，隨即快速環顧四周。房間裡只有渠風一個人。

「安妮？安妮……」此時彷彿有股電流在渠風的體內亂竄，渾身顫抖不停。

不，不會是那樣……怎麼可能呢？安妮還好好的，不是嗎？怎麼可能會憑空消失？渠風感到非常疼痛。那疼痛是如此貨眞價實，跟這晚所發生的事比起來，身上的疼痛顯得毫不虛假，更非幻覺。背痛，膝蓋和脛骨都痛，全身都痛。雖然不是那種致命的疼，但仍令渠風冒出滿頭大汗。我的天哪，這是怎麼回事？安妮……媽的，到底出了什麼事？

「嘿，你有沒有聽過一個鬼故事，叫作《牡丹燈籠》？」渠風痛得蹲了下來。安妮的那個問題在他的意識中盤旋。

爲什麼要這樣問我？爲什麼，安妮？因爲……是因爲……妳和《牡丹燈籠》裡的阿露一樣，是嗎？

窗外流動的風進了房裡，拂過渠風的頭髮，拂過他滿是冷汗的額頭。他拚命嗅聞著乾淨清新的空氣，一面無法克制地回憶著這個晚上的所有一切。

「因爲我也想要至死不渝的愛情啊。」

「……你說得對，人鬼戀，總是沒好結局。」

「一個人……眞的很寂寞。《牡丹燈籠》也是，《大鬧廣昌隆》也是……哪個女人不希望有人疼，有人陪。怎麼辦，我也希望有人陪我……」

忽然間劇痛消失了。渠風喃喃地重複著「喔，不」這兩個簡單的字，緩緩地軟倒在冰涼的地板上。他的眼珠無意識地轉動著，時而望向天花板，時而看著視線水平之處：床腳、桌腳、椅腳、衣櫃邊緣……

渠風的視線在移開後又重新回到衣櫃邊。他呼吸十分急促，一種強烈的壓迫感堆積聚集在他的胸口。衣櫃的門縫夾著一角淡藍色的布，他認得，那是安妮很喜歡的一件淡藍色蕾絲夏裝。

一瞬間，渠風似乎明白了很多事。

胸口異常沉重的壓力讓他無法起身，

於是他只能躺在地板上，像個小孩似地痛哭起來。

Motel

長夜漫漫。

胡心晨靠著華麗的床板，從菸盒裡拿出香菸和打火機。她有一頭保養得宜的烏黑秀髮，一張嬌俏的瓜子臉，大家都說她是房仲界的蔡依林。那又怎樣。實際上她只是個沒讀多少書，從破碎家庭中長大，孑然一身的南部女孩。

如果不是靠著僅有的姿色，她根本很難在台北市活下去。心晨的某任男友是個小代書，輾轉介紹她進了愛家房屋。心晨不夠勤快，對房屋銷售啥也不懂，幸好那個腦滿腸肥的店長給她機會，只要忍受那個骯髒的傢伙壓在自己身上喘息三分鐘，痛苦就能結束。

心晨很了解自己，以前她不喜歡讀書，現在她不喜歡工作，唯一活下去的方法就是找張還不錯的長期飯票。她其實從來沒訂出什麼高標準，如果那頭野豬店長願意娶她，她甚至有可能答應。可惜，野豬店長有個不輸心晨的正妹老婆，他對心晨的興趣也僅止於好奇而已。

所以，心晨看上這陣子不但買了房子，而且業績長紅的徐祐慶。徐祐慶長相體面，而且經濟能力不錯，雖然有了懷孕的女友，但是心晨不在意。在婚禮舉行前，鹿死誰手還是未知數呢。

「在想什麼？」心晨把點好的菸遞給祐慶，撒嬌道，「你今天好厲害呀。」

祐慶狠狠吸了口菸後，煩躁地看著手上的淡菸，「這裡不是禁菸嗎？」

「有什麼關係嘛，呵呵。」心晨打量祐慶，「心情不好？」

「嗯。」

「跟女朋友吵架？」

「我覺得自己是個王八蛋。」

心晨從祐慶手上接過菸，自顧自地吸起來，「發生了什麼事？」

「妳打電話給我的時候，我正在醫院。」祐慶看著床前的電視螢幕。

「醫院？」心晨猜測，「你女朋友怎麼了嗎？」

「下午我回家時，看見她羊水破了，也流了很多血。」

「天哪！」

心晨驚訝不已，在同一秒鐘，她本能地詛咒著那對雙胞胎最好沒保住。人就是這樣，她不覺得有錯。反正，這個詛咒也根本實現不了。

祐慶深深地吸了口氣，「送她去醫院之後，緊急開刀剖腹……我走的時候，她還在昏迷。幹，我眞是個混帳，竟然把她丟在醫院裡。」

心晨連吸了兩口菸，吐出白霧，「……孩子呢？」

祐慶轉過身，坐直身體瞪著心晨，「妳知道嗎？我，我眞的快瘋了！主治醫生跟我說，是雙胞胎兒子！可、可是——」

「可是什麼？」

「唐氏症，很有可能是唐氏症。」

「唐氏症？那不是一種遺傳疾病嗎？兩個都是？」

心晨這次是眞的很驚訝。她皺眉，想到小時候的情景。心晨有個差了五、六歲的妹妹。在妹妹出生前，家裡窮是窮，但還算和樂。做粗工的爸爸偶爾領到比較大筆的薪水時，還會帶全家一起出去吃個飯，逛逛夜市，買點什麼給心晨和哥哥。但妹妹一出生之後，家裡就變了。媽媽整天以淚洗面，爸爸開始常常不回家。即使爸爸回來，只要一看到妹妹，就會突然發作似地大吼大叫。

一開始是摔東西，過陣子之後，心晨的爸爸開始會揍人，他力氣很大，一拳就打得哥哥滿臉是血。後來，爸爸再也沒養過這個家，而媽媽除了哭著照顧那個智力永遠無法成長的妹妹之外，什麼都做不了。後來哥哥中輟了，認識一群整天打架的朋友，也參與其中，心晨也差不多，她已經厭倦了看媽媽帶著智障的妹妹到處借錢的樣子。

心晨在離家之前曾經問過媽媽，爲什麼不能把妹妹送去什麼社會福利機構，或者是等好人家領養。媽媽還是哭，她說不行，妹妹也是她的親骨肉，生下了妹妹是她上輩子做壞事的報應，她要自己償還這筆前世的債。心晨終於放棄了。她不是很明白，爲什麼她和哥哥一樣是媽媽的親骨肉，但媽媽卻棄之不顧。心晨和哥哥是正常的孩子沒錯，但這不代表他們不需要父母就能自己長大。

心晨的老家在閉鎖的鄉下村鎮，在那裡生下智障兒根本就是惡夢。所有人都把這件事視爲一種懲罰，一種報應。鎭上的人常耳語，心晨的爸媽一定是做了什麼「歹失德」的事，才會生下這樣的孩子。最可悲的是，這種無稽之談竟然化作整個小鎭上的民意，所有人都如此相信著。

「……心晨，我眞的很壞，很惡劣，對吧？」祐慶放鬆了身體，滑進被單中。

「我可以理解你想逃避的心情。」

心晨突然對祐慶產生一種前所未有的同情和憐憫。她在此刻終於明白爲什麼童年時常常看到爸爸在家附近徘徊，然而他卻始終未曾走進家門。祐慶讓心晨想起父親，她不由得鼻酸。

「祐慶，」心晨溫柔地說道，「好好安慰你女朋友，還有，一定要冷靜處理這件事。如果雙胞胎情況不嚴重，應該還是有學習能力……你要振作才行，不能被打倒。」

祐慶從以前就只當心晨是個砲友還是床伴，他一直覺得心晨是個胸大無腦，每天只會打扮得花枝招展的蠢貨。雖然這樣說很低級，不過祐慶在今天以前他的確是這樣想。坦白說心晨除了肉體之外，沒什麼能吸引祐慶的。

但是此刻祐慶突然對心晨產生一種好感。心晨冷靜的忠告讓他清醒不少，她的反應讓祐慶頓時產生了依賴感。他原本不知道該跟誰傾訴心裡的痛苦，不過現在他找到了。

汽車旅館是禁菸的。心晨只好把菸塞進啤酒罐裡弄熄。她重新點起菸，被祐慶喚醒的回憶開始一幕幕重新上演。Shit！她在心中痛罵。別人或許很難理解，但她懂，她眞的全部都懂，家裡有了身心障礙的孩子，對全家是種極殘酷的打擊。她親眼看過父母互相責備的樣子，那種感覺很痛，非常痛。

「祐慶，」心晨用力吸著啤酒和菸混雜而成的氣味，那是種墮落而又寂寞的氣味。她攏攏長髮，「我講個故事給你聽好嗎？」

Owner

清晨時，佳燕在陌生的床上好不容易睡去。恐懼感在她離開那棟房子之後，才逐漸爆發。直到看到窗外天色漸漸變亮，佳燕才終於閉上眼。才剛睡著，佳燕就夢到了詠欣。

夢境裡她們穿著高中制服，抱著課本從活動中心走向教室，然後她們經過了架空層，看到了那座置物櫃。她和詠欣就這麼呆呆看著鐵製的，滿佈灰塵和蜘蛛網的學生置物櫃，然後，置物櫃打開了，安妮——安妮從櫃子中跌出來。安妮的頭無力歪向一側，顯然頸骨已經粉碎，無法支持頭部重量，她渾身都是血，上半身赤裸著，從胸口被劃開，原本應該塞滿內臟的軀體裡，現在只有爬滿蛆蟲的肉泥。是誰絞爛了安妮的器官？佳燕無比茫然，只覺得好奇。

詠欣在夢裡微笑，她沒張嘴，但卻發出滿足的笑聲。這個很棒吧，佳燕？這個比世界上任何人造恐怖都還棒，對吧？

好幾十尾土黃色，寬約二到三公釐，長約三公分的油亮小蟲從安妮的左眼鑽出，眼珠因此而跌出眼眶。佳燕在夢中注視著那些從安妮體內溢出的蟲群，不知何時土黃色的蟲子們從安妮的鼻中爬出，一下子就佈滿她全身。油亮的土黃色蟲子很餓似的，牠們不停地咬囓著安妮發脹的皮膚……

不知睡了多久，佳燕被子鴻搖醒。她一張開眼，就想到廁所大吐一場。子鴻臉色有些難看，輕拍著佳燕的背。

「做惡夢了？」

佳燕壓抑著反胃的感覺，艱難地點點頭。「我好想吐。」

「要不要去廁所？」

「……算了，現在好一點了。」佳燕揉著額頭，「怎麼了？爲什麼叫醒我？」

「川哥說找到凶宅網主機的位置了。」

「在哪？」

「就在妳租的那棟房子裡。」子鴻說話時，感到毛骨悚然。「妳租的那棟房子……只有一戶人家裝了SEEDNET的寬頻。」

「怎麼可能只有一戶？我住的那間也是用SEEDNET的——」佳燕圓睜雙眼，捂住了嘴，「你不要嚇我！」

「是川哥查出來的。」

「所以，凶宅網的主機就在我住的房子裡？」

「應該是吧。」子鴻說道，「去川哥房間看看吧。他會跟妳解釋。」

「嗯……」佳燕一骨碌下了床，整理著服裝。「現在幾點？」

「快八點了。妳今天有課嗎？」

「嗯。我待會兒打給歐陽渠風，拜託他幫我請個病假。」

川哥的房間裡堆滿了各式各樣的電腦，有六台螢幕同時亮著。他穿著汗衫短褲，就這麼坐在一堆電線、數據機、主機、零件堆中，一旁放著許多吃剩的速食和乾涸的啤酒罐，簡直就跟好萊塢裡的變態網路工程師沒兩樣。

「川哥，你說你找到了凶宅網的主機位置？」佳燕問道。

「係哩～」川哥轉頭看著佳燕，「我剛剛跟子鴻說了，我用一套新的駭客系統《CallMeBaby2009》入侵中華電信機房之後查出附掛電話號碼，再透過另一套軟體，就能查到附掛電話所設置的地址。」

「川哥，汝眞強者也。」佳燕以滑稽的口吻說道，她聳聳肩，「不過，我覺得在像你這樣的電腦高手前，眞的毫無隱私。」

「所以不要利用網路做壞事，要查，絕對查得到。」川哥動了動滑鼠，說道，「妳看，就是這個地址。這套地址查詢系統叫作《人肉QQQ》，超讚的啦！」

佳燕注視著液晶螢幕上的地址，然後體驗著被恐懼吞噬的感覺。她想深深地吸一口氣，但是辦不到，空氣不知道爲何就是進不了她的氣管，於是她張開嘴，像被濱口優[12]從海裡捕獲的什麼大型魚類似的喘息，可惜徒勞無功。

「佳燕！」子鴻像是在玩信任遊戲似的，站在佳燕背後，就這麼接住了往後倒下的她。

川哥跳了起來，劈哩啪啦地撞到一旁層層疊起的數支Cherry青軸鍵盤。「現在是怎樣？佳燕？！妳怎麼啦？」

子鴻和川哥手忙腳亂地扶著佳燕到一旁坐下，佳燕並未昏迷，她瞪著圓亮的雙眼，空洞地望著天花板。她一直努力想，極用力地想，到底凶宅網的站長是誰？爲什麼主機竟然在那棟房子裡，爲什麼，這怎麼可能呢？

「佳燕？！」子鴻輕輕地拍著她的臉頰，焦急不已。

川哥倒還冷靜一點，說道：「她大概是嚇到了。喂，子鴻，我查出來的那個地址是有什麼問題嗎？」

「……那個地址，就是佳燕租的公寓。」

「啥咪？你你你～咁係咧騙我？」

「你少白爛了，我幹嘛拿這個開玩笑？你沒看她都已經嚇成這樣了。」子鴻心疼地說道，「喂，你用的那些軟體還是系統有沒有問題啊？會不會出錯？真的是那個地址嗎？」

「好問題！這點我也有過疑慮，所以之前用我們家IP和我馬子IP試過，都很OK啊！不會有問題的。」

這時，電腦喇叭傳來叮的一聲，是佳燕那台主機，MSN有人上線了。佳燕聽到MSN的音效，終於回過神來，她大大呼了口氣，閉上發痠的眼，然後再睜開。

「幹嘛那樣看我？我沒事。」佳燕看著兩個大男生擔心的表情，不由得苦笑。「只是……我不知道這到底是怎麼回事……那個主機……喔，我……」佳燕說不下去，她只覺得累，又怕又累。

之前住在那裡的日子，是不是一直被人監視著？是誰呢？如果凶宅網的主機真的放在

⓬ はまぐち まさる，生於一九七二年，日本知名搞笑藝人，搞笑團體「好孩子」之成員，在綜藝節目《黃金傳說》中深受台灣觀眾歡迎，其中無人島生活單元最廣爲人知。

屋子裡，那麼又是在哪個房間呢？難怪……難怪那個站長說，他可以確定凶宅網的文章並非捏造，是眞的，眞的。

「佳燕，有人傳MSN訊息給妳，對方問妳爲什麼要搬走。」川哥說道。

「問我爲什麼要搬走？」佳燕和子鴻對望幾秒後，連忙衝向螢幕前。

＞親愛的佳燕小姐，妳不在，大家都很寂寞。

＞站長先生，你到底是誰？你到底在哪？別跟我玩捉迷藏了。

＞哈哈，我根本就沒躲起來過。而且我給的提示夠多了。

＞你在哪？

＞我在我家。

＞你家在哪？

＞妳怎麼會問這麼愚蠢的問題呢？

＞凶宅網的主機，在你身邊嗎？

＞那當然。

＞難怪你什麼都知道，你就在那間房子裡，對不對？

≫BINGO！但，現在不只我一個人了。

第六章

歡迎光臨死亡之家

Hell

——噢，請別流淚，這只是對美好苦難的一種浪費。

克里夫·貝克《*HellRaiser*》

日光照射在漆黑的木質地板上。渠風不知道自己在那裡僵了多久，他的所有意識和思緒只重複著一件事：

安妮死了。

而他現在所要做的，彷彿使命般最重要的一件事，就是讓安妮能夠平靜長眠，能夠安息。渠風終於明白爲什麼人們總是花費許多精神和金錢來籌備隆重的葬禮，他們非這麼做不可。一旦有件事讓人們忙碌，痛苦就能減少許多。即使無法減輕喪失至愛的悲傷，但至少可以延緩。

渠風現在也很需要這麼做。如果他不給自己找點事做，一定無法承受那巨大的悲傷所帶來的黑暗。他從地板上爬起，只是一個小動作，卻花費了很大的力氣。他掙扎著讓自己坐到床緣，然後說服自己冷靜下來。

安妮死了。但，是怎麼死的，她的屍體呢？爲什麼沒有人留意到這件事？之前已經報了警，不過警方對於失蹤人口根本懶得理會，最多就是把安妮的資料輸進電腦，然後守株待兔似的等著哪天出現了無名女屍，再來一一對照。那程序很簡單，報案，然後他們很忙，過了個一年半載發現某具不知從哪來的屍體，然後他們終於打通電話過來，說要認屍。這是標準程序，就這麼簡單，沒有什麼尋找或者查訪之類的，什麼都沒有。

渠風難過地捂住臉，等他再度抬起頭時，窗外的陽光已經消退了。但房間很明亮，燈從昨夜開始就沒關過。此時，渠風聽到了手機響起，他勉強起身，從長褲口袋中拿出手機。

「歐陽同學！我是潘佳燕，你在哪裡？」

「我……我在安妮的房間……佳燕，我有件事要——」渠風沒來得及說完。

佳燕的聲音聽起來宛若尖叫，「快走！快點離開那房子！」

「什麼？妳別那麼激動……」

「歐陽渠風，快點離開那棟房子，快去學校後面那家咖啡店等我，絕對不要停留，不管發生什麼事都別管，知道嗎？媽的你回答我呀！」

「好！我馬上走。」

渠風確切感受到佳燕的擔心，結束通話後他以最快的速度穿好長褲，就在渠風拿起上衣的那瞬間，他聽到了。

聲音離他非常近，而且就在房裡。渠風牢記著佳燕的話，不能停留，絕對不能停留。雖然不知道是什麼理由，但渠風仍火速地套上T恤。球鞋，他媽的該死的球鞋現在跑哪去了？渠風一面焦急地咒罵著，一面蹲下身，想看看球鞋是不是被踢進了床底。

他幾乎瞬間就發出了撕心裂肺的慘叫。

當渠風蹲低探頭看向床下時，一隻蒼白的手以極快的速度緊緊插入了渠風的臉！那隻手力道極強，手指吱一聲插進了渠風的眼珠。伴隨著渠風的慘叫，那隻手指指尖再度使力，連接著血管與視神經的眼球就在渠風自己的眼眶裡被手指戳入，眼球就像是廣告裡流出芝麻餡的湯圓，從手指進入之處迸射出鮮血。

渠風疼得瘋狂怪叫，摔倒在地板上嚎叫不已，完全不明白到底發生了什麼事。完全失去雙眼視力的他，耳裡除了聽到自己的悲鳴外，還聽到了瑣碎但輕快的腳步聲。

渠風感到有人在他的頭部附近走動，他高聲呼救、大叫，自己都不知道自己在喊些什麼，溫熱的血沿著臉流進他的耳裡，黏乎乎的。渠風朝著半空中猛力揮手，接著感到手臂上一陣痛楚。

「誰！是誰？！」

渠風手臂上多了好幾條似乎是刀片造成的細傷口。傷口雖細，卻十分深，刀刀見血。隨著渠風揮舞手臂，刀痕在他的手臂上留下愈來愈多痕跡和痛楚。

「爸爸，眞好玩。」忽然間，口齒不清的孩童聲音鑽入渠風耳中。

「爸爸，眞的很好玩。」另一個聲音接著說道，依舊帶著濃滯模糊的語調，彷彿嘴裡含著好幾顆水果糖似的。那個聲音呼喚道：「爸～爸，快從床下出來吧！我們來玩！」

「來了，爸爸這就出來。」男子的聲音充滿了父愛，但聽在渠風耳裡卻萬般恐怖。

渠風大叫：「是誰？你們到底是誰？安妮——是不是被你們——」

「別把我算進去。」男人輕蔑地回答，「是我們家小朋友。不關我的事。」

「你是誰？媽的快說！」渠風想判斷聲音來自哪裡，但劇痛就快要吞噬他所有思考能力。

「我是誰？你們這群人怎麼老是喜歡問蠢問題呢？我是誰？我當然是屋主啦，還會是誰？白痴。」

「爸爸，別理、理他……」小孩似乎有語言障礙似的，說道，「用…用鐵鉤好嗎？」

「對，媽媽……媽媽也喜歡鐵鉤，從這裡！這樣！這樣鉤住，然後用力拉，很用力。」另一個孩子語氣也十分興奮。

渠風驚叫，「不要過來！幹他媽這到底是怎麼回事？你是屋主？你是安妮的房東？」

「我才不是那個下三濫房東。背著老婆偷偷跟女房客搞上……你那個長得很正的前女友，是被房東搞大肚子的，知道嗎？哈哈，就在這裡，大白天，在這張床上——哇，眞是——看得我都慾火焚身了！你這個沒大腦的蠢貨，你竟然爲了那個小賤貨流淚？」男人尖銳地叫著，「女人沒一個是好東西！她們把你推進地獄之後就一個人開心地去找樂子！要不就是張開兩腿，等著路過的男人爬上來！」

「你……你偷看安妮？！」渠風喘著氣，媽的，他感覺自己的血就快流光了。

「我在自己家裡，愛幹嘛就幹嘛。」男人咂咂嘴唇，發出難聽的聲音，「你不丟臉嗎？爲了那個爛貨傷心難過……眞賤啊！」

「爸、爸爸！你！看！看！你看！」口齒不清的孩子叫嚷著。

接著渠風感到冰涼的金屬製品貼在他的上唇，接著慢慢伸入鼻孔之中。那個金屬製品有些弧度——不，不要，千萬不要是鐵鉤——

「快看！快看！」小孩歡樂極了，短短的手稍微轉向，然後用力。

「喔唷，好厲害。」男人讚許著。

渠風幾欲暈去，但是從鼻部灌入口腔的鮮血讓他嗆咳不已。那支鐵鉤先是插入他的鼻中隔，接著再狠狠往下頦方向一拉。渠風鼻中隔就這麼被撕裂，鮮血從鼻部流入口腔，渠風猛咳，只希望有個人對自己的腦袋轟一槍算了。他已經不求能活命，只求速死。

「好好玩，大哥哥，哭了。」

「對耶，他哭，哭了。」

孩子們興奮地拍手，渠風猛嗆出的鮮血沾滿了孩子們扁平蒼白的臉。雙胞胎張開嘴笑著，看得到他們如出一轍，尖尖細細的牙。

銀色的光一閃而過。看仔細點，是把銳利的大美工刀，男孩手上緊緊握著美工刀，在因劇痛而翻滾的渠風身邊蹲下，用細細的小眼睛，端詳著渠風痛苦的表情。小男孩那專注的神情，就像盯著什麼了不起的動物實驗似的。過了一會兒，他伸出短短的手指，費力地拉住渠風的耳垂，用美工刀插入渠風的耳骨，笨拙地扭動著美工刀，耳朵的軟骨被切開，從正面看去，渠風的左耳被切成了上下兩半，中間有著血肉模糊但看起來十分可笑的開口。

「美……美工刀不好用……」孩子嘟囔著。

「那就用剪刀看看啊。」被稱為爸爸的男人說道。只是平淡的一句話，卻讓渠風用盡全身力氣迸出嘶吼：「殺了我，求求你！」

「別這樣嘛。」男人笑了起來，「你知道沒玩具的孩子們有多可憐嗎？請不要剝奪他們快樂的機會。身為一個父親，我會很感謝你的。」

「剪！剪！剪刀！爸爸！喀嚓！」孩子再度大叫，「大把的，在、在、在工具盒子裡！很長！」

「對，就是那把又長又利的剪刀……這麼長的剪刀，要來剪這裡。」男人指示著，那語氣很輕鬆，就像普通的父親正在指導兒子們如何把積木放在正確的位置上。

「這裡？這裡？」孩子把刃長約四十公分的利剪架在渠風的小肚腿上，「要喀嚓了！可以喀嚓了嗎？」

「不要剪到骨頭，把肉剪開就好。」男人正經八百地說。「就像媽媽那樣剪！」

「來喀嚓！剪！就、就這樣！學、學媽媽！」孩子的聲音此起彼落。

那把極長的剪刀的確很利，兩個孩子各執一端，一使勁，渠風緊實的小腿肚便被剪破，皮、皮下組織、脛動脈和腓腸肌就這麼被剪開。脛動脈一被剪破，血柱便像德州沙漠裡新開採的油井般狂噴而出。

在意識逐漸喪失前，渠風還聽到孩子們的笑聲，那聲音裡充滿著很單純的歡樂，無比天眞……顯然他們眞的樂在其中。渠風沒辦法控制自己，嗆咳著，顫抖著，最後緩緩地靜止不動。

「我們家又多了一位新成員，很好。」男人的聲音很遙遠，飄浮著，像是太空裡的觀測站般無重力。「嘿，你馬上就能見到你的愛人了，恭喜啊。哈，哈哈哈。」

Mother

大約上午九點左右，祐慶回到了醫院，拖著腳步，滿臉鬍碴，襯衫上全是廉價啤酒和尼古丁的味道。即使在汽車旅館沖過澡，但衣服沒換的結果，他看起來仍有些邋遢。

是心晨開車送他來的。之後心晨要趕著簽約。祐慶下車前，心晨說差點忘了謝謝他，「託他的福」心晨想買的那間套房被謠傳成是凶宅，於是屋主只好不停降價求售，最後以低於市價一百多萬的價格賣給了「勉強接手」的心晨，約了今天上午十點在代書處簽約。

「謝謝，」心晨簡單地說了句，「有空就打給我。」

祐慶那時站在醫院自動門前，注視著心晨駕車揚長而去。他聽心晨說了大半夜的故事。不知道她只是單純想分享自己的經驗，還是想藉此安慰自己，總之結果就是，心晨的故事讓祐慶的無力感更深。

其實心晨的故事不特別，多的是那樣的家庭。許多人以為生下身障兒的父母十分痛苦，事實上那痛苦屬於家庭裡的每個成員，除非逃離，否則誰都躲不掉。

電梯裡，兩名少婦各抱著一名嬰孩，要到六樓的小兒科。她們懷裡的孩子看起來既聰明又活潑，沒像奶粉罐上印的嬰孩那麼可愛，其中一個長得很像他那俗擱有力的媽媽——但，至少他們很健康，很正常。**正常**，太好了，又多了一個讓祐慶無比怨恨的詞。

祐慶來到七樓護理站，他詢問了一下維凌的情況。護士一聽到維凌的名字，便用非常怪異的眼神回望祐慶，那位護士似乎察覺到自己有點過分，很快恢復撲克臉，用冷漠的聲音說話。

「產婦在今天上午已經清醒，但是身體仍然很虛弱，精神狀況……也不是很好。你可以去看看她，」護士小姐猶豫了幾秒，「但請不要刺激產婦。」

「謝謝。」

祐慶道了謝，走向維凌的病房。他沒進去，只是在房門側的長椅坐下。祐慶還沒準備好該說些什麼，他知道自己該安慰維凌，可是他卻連一句安慰的話都想不到。說什麼都是多餘，說什麼都不對，若什麼都沒說，難道要相看兩垂淚嗎？

坐了好一會兒，祐慶仍想不出什麼可說的話。他終於從長椅上起身，深呼吸一口，推開了病房的門。維凌狀況不太穩定，住的是單人房。祐慶輕輕地走進房裡，他很努力注意著自己的腳尖，他需要一點什麼東西來轉移注意力，什麼都好。

病床前有張孤零零的鐵椅，看起來一點都不舒適，角落裡放了一張摺疊床，給家屬過夜時使用。病房相當寬敞，天花板垂掛著一組鐵架，上面擺著一台大約二十吋的小電視。空調使得空氣乾爽，但祐慶總感覺得到血的味道。

維凌躺在病床上，睜著雙眼，似乎注視著天花板。她不太能理解到底發生了什麼事，女醫生剛剛在她身邊檢查著點滴瓶，說著一些無關痛癢的廢話。沒人抱孩子來給她看。她完全不記得自己是怎麼到醫院來的，她的雙胞胎呢？為什麼祐慶現在才來？為什麼祐慶走進房裡的腳步聲那麼沉重？孩子們出事了嗎？沒保住嗎？

終於，維凌開始抽泣。

祐慶連忙走到病床邊，握住維凌發涼的手，「別哭，不要哭。」

「……出事了，對不對？」維凌的聲音充滿不清爽的鼻音，「是不是孩子怎麼了？告訴我……學長……」

維凌只有在極激動時，才會叫祐慶「學長」，祐慶也一向以此作為判斷維凌情緒的標準。送給她第一枚鑽戒時，她喜極而泣，大叫：「學長，謝謝你！」維凌拿著驗孕紙，驚慌走到他面前時，顫抖著說：「學長，怎麼辦，我懷孕了。」其他時候，維凌只叫他名字。

祐慶試圖抱住維凌，他很驚訝自己平靜了不少。維凌的眼淚讓他振作起來——至少在此時此刻是這樣的。

「維凌，妳別胡思亂想，孩子們很好，沒事啊，沒事。」

「別騙我！我知道，一定有什麼事，要不然……」她很艱困地說著，「爲什麼所有人表情都那麼可怕？還是我生下了什麼怪物？」

祐慶相信維凌最後那句話毫無意義。人常常都會說些愚蠢又沒意義的話，像這麼激動的時刻，更容易口不擇言。但，維凌多少說中了一點點。那樣的孩子，在一般人眼中，多少都像是怪物。世界上沒有一對父母會對自己健康正常的孩子說：「你要好好跟身心障礙的同學相處，你要幫助他們，你要陪他們玩。」沒有，所有父母都會不自覺把孩子藏在自己身後，彷彿會被傳染。這幾乎是理所當然的情況，有些父母甚至會把孩子的同學分成「功課好」和「不會讀書」兩種，限制自己的小孩只能跟「功課好」的小朋友一起玩。

歧視就像食慾和性慾，永遠存在於人性之中。隨著年齡的增長，歧視只會更加強烈，但也被隱藏得更好。

「維淩，維淩。」祐慶停止了那些令人痛苦的想法，他得專注在維淩身上，「真的沒什麼，要小心傷口，冷靜。」

維淩喘息著，哭著，顫抖著。祐慶考慮要不要請護士小姐給她一點鎮定劑之類的東西。不過，那樣只會讓維淩更覺得情況有問題，更加刺激她。她接下來要面對的刺激還不夠嗎？

過了好一會兒，維淩平靜了點，祐慶用面紙替她擦了擦臉，輕拍著維淩的背。維淩的目光逐漸變得平和，注視著正前方那張鐵製的椅子。

「你去看過孩子了嗎？」

「嗯，他們都很好，吃了奶，乖乖睡覺。」狗屎。他根本不想靠近育嬰室。

「能請護士小姐抱孩子來嗎？」維淩似乎眞的相信他的話，眞的相信孩子們很好，什麼事都沒有。

「現在可能不行吧，別把孩子吵醒。」祐慶豁出去地亂扯，「等妳好一點，能走動了，再去看看。」

維淩不置可否，她顯出疲倦的神態。「你打電話給我媽和你媽了沒？等她們來之後，你就去上班吧，讓她們照顧我就好。」

「我媽這幾天跟著進香團去拜拜，可能沒辦法過來。」他才不想打這兩通電話。

「那我媽呢？」

「她會過來，一有空就來。」

維凌躺回床上，虛弱地呢喃，「……眞奇怪。」

「我想先去請個看護來陪妳，怎麼樣？」

「嗯。」

最後，祐慶是用逃的，逃出了維凌的病房。他衷心希望維凌沒識破那些白爛又不經大腦的謊言。以前他從不相信女人的直覺，不過此刻祐慶想著，維凌不會不知道，她有感覺，甚至有那些被稱爲心電感應的能力。

她是個母親。

雖然上午才簽完約，但是屋主已經很爽快地把鑰匙交給了心晨。屋主急需錢用，而心晨在簽約時就已付了一半的價金。這是樁好交易，心晨得意萬分。

她終於在寸土寸金的台北市有了間自己的小窩，而且比市價便宜了許多。她開始在想，凶宅網眞是個好站，祐慶的確是個聰明人。幸好不是自己在凶宅網上貼文，要不然一定多少有點罪惡感。現在一想起祐慶，心晨便不自覺地聯想到祐慶那對雙胞胎，接著，她想起了自己的妹妹。

Realize

妹妹有時候會用手碰我。我幾乎想抓住她的頭髮，把她的臉朝牆上撞去。她的手濕濕的，她總是用手抹去口水……她毀了這個家，所以我總是希望她死。我不知道爲什麼有同樣際遇的人們不敢承認，自己也同樣有過這種想法。從妹妹一出生，我就知道人性本善這句話根本就是屁。

心晨從來沒回老家去過，也不曾聯絡過。她突然在想，如果媽媽過世了，誰來負責照顧那個連湯匙都拿不好的妹妹？妹妹沒有取名字，也許根本連戶口都沒報，反正沒人想去知道，去記住妹妹的名字。鄰居在背地裡都稱之爲智障，或者白痴。心晨一面整理行李，一面想著。如果媽媽死了，是不是就得輪到自己來照顧妹妹？是不是？不，她才不幹。如果有天妹妹出現在眼前，心晨知道自己絕不會心軟，她不要這個累贅，絕不。老天，爲什麼要去揭那些舊傷？她有點怨恨自己的聯想力。妹妹常常亂尿尿。有次我的新裙子就這麼毀了。不行，我得停止。

她闔上皮箱，環視著這間小房間。雖然租約還有一個月才到期，但心晨已迫不及待想要搬到新家。她傳了簡訊給祐慶，祐慶回覆她，說晚上會帶一瓶紅酒去幫她慶祝。她知道祐慶的想法，是祐慶自己想要狂飲爛醉，她只是提供一個好理由和場地而已。

手機響了，是計程車行打來的催促電話。心晨叫的車已經到了樓下，她奮力提起皮箱和一只旅行袋，匆匆離開了這間蝸居已久的小套房。

新買下的套房室內只有十來坪，前屋主裝潢得很好，心晨只買了張新床墊和兩套新寢具便能入住。她手裡緊緊握著那串鑰匙，研究著明後天就要找鎖匠過來換組新鎖。

什麼都是新的。心晨感覺人生充滿了光明。她告誡自己絕不要再想老家和妹妹的事，也告誡自己別去在意祐慶的事。那是徐祐慶的人生，是好是壞都跟自己無關。到了新家樓下，心晨拎著行李，有些興奮地打開一樓大門。開門時她不忘看看門牌，這是棟管理良好的大樓，不鏽鋼製成的門牌閃閃發亮著。

「胡心晨，妳做得很好。」一走進新家，她便對自己這麼說。

雖然只是間小套房，但心晨已經十分滿足。一個連大學都沒念過的鄉下女孩子，竟然年紀輕輕就能買下自己的套房，這可不容易。心晨揚起嘴角，把行李提到衣櫃邊。她從包包中拿出小筆電，開了機，也插上了網路線。今天雖然請假，但她仍上了MSN。MSN是個很神奇的軟體，它負責傳遞著有點即時又不會太即時的訊息。當談話雙方都在MSN上，也沒有互相封鎖時，訊息可說完全即時；有時對方不在線上，又剛好有些不算緊急，又沒必要用電話說明的內容，就可以使用MSN傳遞。心晨幾乎不敢想像沒有MSN的日子，那一定非常可怕。

心晨將容易破碎的瓶瓶罐罐逐一放上梳妝台，她不忘對鏡擺擺姿勢。得趁還年輕貌美時找個不錯的老公才行。本來還把希望放在祐慶身上，不過現在他拖了兩個大包袱，算了，只好判他出局。

她得找個還不錯的時間點甩掉祐慶。心晨不否認她曾經對祐慶因憐憫而產生類似愛情那樣的情感，可是並沒有持續多久。她好不容易才逃離一個悲慘的惡夢，絕不想再陷入另一個中。當然，心晨還是極感謝祐慶的。如果沒有祐慶的凶宅點子，她就沒有這樣的好運。所以，她考慮過陣子再提，等祐慶和女朋友調適好精神狀態，能夠好好面對孩子問題的時候。也許那需要很長，很長的時間。

「咚。」

衣櫥好像發出了什麼聲音。心晨轉身看著深黑色烤漆配上金色把手的衣櫥門。沒什麼異樣，一定是聽錯了。

「姊……姊，開門。」細若蚊鳴的聲音在心晨背後響起。

頓時，心晨背後滲出冷汗。「有人嗎？」她試探性地問了一聲，但又覺得自己很蠢。

「姊、姊……開，門。」那聲音稍微變大了，是兒童的聲音。

心晨嚇得把手上拿的玻璃瓶罐全打爛在地上，她緊靠著梳妝台，「是誰躲在衣櫥裡？！」

這是，這是什麼情況？心晨焦急地看著四周，附近根本沒有什麼能作爲武器的物品，她只好抓起皮箱裡的木質衣架，像是握槍似地對著衣櫥的門。

「姊姊……我，想玩……」不知哪裡傳來的孩子聲音又比上次更大了點，「陪、陪我！」

心晨幾乎不敢相信自己的雙眼。她驚恐萬分地瞪著緩緩開啓一道縫隙的衣櫥門，裡面漸漸伸出幾根短短的小手指。

「天、天呀！不！不！」

心晨尖叫著衝向大門，但她一拔腿便狠狠地往前猛摔，她叫得更淒厲了，特別是當她看見梳妝台下有個男孩抓住她足踝時。

「姊姊！」梳妝台底下的小男孩長得就像是妹妹，他張開嘴笑了，口水滴了下來。

「救命——天哪！誰來、來救救我！」

心晨奮力地想踹開那個噁心的小男孩，但孩子的手指一下便掐進了她的足踝。來玩嘛，來玩嘛！心晨突然覺得那是妹妹的聲音，尖銳刺耳，是妹妹在叫她。

她猛然想起自己在飽受痛苦的青春期時，幾乎每天都在詛咒妹妹。那是心晨骯髒又可怕的秘密，她想要妹妹死掉。無論何種方法都行，她總是向所有鬼神祈禱讓妹妹死掉，愈快愈好，在她的忍耐到達極限前，在媽媽崩潰以前。她知道哥哥也希望妹妹死掉，爸爸也有可能這麼想過。但他們都無法面對自己心中滋生出來的黑暗想法，因此總是自責和內疚。

忽然間，劇痛像是萬把利箭般刺入心晨的腦中，她感到前所未有的痛苦，如烈火般燒灼她的每條神經。

咚咚兩聲，有東西落在心晨那張漂亮的臉旁邊，她轉過頭一看，再度發出異樣慘烈的尖叫。那是她自己的腳，左腳和右腳，從腳趾到踝部，切口整齊，斷面清晰。塗了指甲油的腳趾距離心晨的臉不到一公分，全都是鮮血的腥味。

「姊姊不、不可以逃，逃……不掉了。」

Impotent

佳燕在學校後的咖啡店待到了下午。她看了看手機的通話紀錄，有四十幾通是打給渠風的。佳燕深呼吸著。歐陽同學，你最後還是沒辦法離開那棟房子，是嗎？佳燕很慶幸自己找了個最角落的位置，這樣就沒人會看見她臉上充滿痛楚的表情。

她不停地回想MSN上傳來的對話。那房子是凶宅沒錯，但是凶宅網上的文章並不全然寫出了事實眞相。

》當年我眞的快被逼瘋了，所以我想逃離那個家。

》孩子們的媽媽知道後，把我殺了，然後封進牆裡，

》後來她受不了獨自扶養孩子，終於也產生了跟我一樣的疲倦，

》於是她對孩子們做了一樣的事，切下他們的肉，把骨頭埋進牆裡。

》那道牆，埋著網路線。

她用雙手摀著臉。那道牆就是佳燕房間和安妮房間的隔間牆。她想起之前的疑問，爲

什麼牆的厚度十分異常。

現在佳燕已經完全明白這一切。詠欣的預言實現了，自己的房間貨眞價實地恐怖，牆裡砌著父子三人。而安妮……成了第一個犧牲者，現在連歐陽渠風也……她再也不會懷疑詠欣，她知道詠欣沒瘋，在吃掉屍體時也一定清醒萬分。佳燕甚至開始相信，那些她本以爲只是電影故事的情節，根本就是眞人眞事。有的事要自己親身經歷過，才知道眞假。

她曾經想過要回到那房子裡，她想去找渠風。然而她沒這麼做，在那一秒鐘佳燕覺得自己既冷血又無情，然後哭了出來。子鴻和川哥拚命安慰她，她不知道爲什麼如此相信那個自稱是黃姓屋主的傢伙。不，不該稱爲傢伙，那個叫什麼來著，冤魂？還是怨靈？管他叫什麼都好，被人謀殺的怨恨，難道就不能化解嗎？

》不能，親愛的佳燕小姐。

》我和孩子們是冤死的，所以得留在這屋裡。永遠。

》現在，我正爲孩子們收集玩具。

》安妮小姐很棒，孩子們都喜歡。

MSN上對方如是說。

「妳還在等？」子鴻不知何時走近佳燕。

「你從學校過來？」

「嗯。歐陽渠風呢？」

「No Show，也就是沒出現。」佳燕看著子鴻，「我剛剛，一直在想，如果有天，某個人問我，『爲什麼妳沒想辦法救救歐陽渠風？』我該怎麼回答。」

「他不一定會有事。」

「安妮就有事。」佳燕馬上舉出了個悲傷的例子。

「……嗯？妳手機在震動。」子鴻指了指，「有訊息。」

佳燕瞄了眼，八成是「哥哥我很寂寞，快撥……」要不就是「超低利率信用卡代償服務」之類的商業簡訊。這個世界還在運轉，無論如何都不會停止。

「天哪！」佳燕忽然叫了出來，「是歐陽渠風傳來的，好像是照片，正在下載。」

「幸好，那他應該沒事。」

花了近一分鐘的時間才把照片全部下載好。是一張渠風和安妮的合照，在安妮的房間。安妮坐在電腦椅上，渠風站在她身後，兩個人看起來很開心，微笑著。看似普通的照片，在底部卻泛著白色的霧氣，也許是拍照的人手指擋到了，看不見他倆的腳。

「你看。」

「這個女生……不就是安妮嗎？」子鴻仔細看著，「不過，這張照片下半部怎麼搞的，那個白色東西是什麼？」

「不知道。」

這時簡訊鈴聲又響起，此次是文字訊息，一共兩封，大概是太長的緣故。

佳燕，我找到安妮了，現在我們在一起，不用擔心。如果以後有人問起我和安妮的事，妳就裝作不知道，不管任何人問妳，都不要提起。妳是我們的好朋友，我和安妮都不希望妳受累。我和安妮經歷過了很大的痛苦才在一起，我們會珍惜對方。最重要的是，別再進去那棟房子。絕對不要。那裡的東西妳對抗不了，也不知如何應付。趁著妳還沒被那房子裡的東西盯上，趕快回家住吧。妳知道，我們會想念妳的。

佳燕無力地把手機遞給子鴻，子鴻大概仔細地重複看了兩、三次後，深深地嘆了口氣。

「我覺得好難過。」佳燕想也知道渠風和安妮發生了什麼事。雖然她並不知道那過程，但結果卻清晰無比。

「就像渠風同學說的，妳別再管這件事了。搬回家去，跟妳舅舅他們擠一擠，然後換個MSN帳號。」子鴻說道，「我能了解妳的心情。這次跟以前不一樣，妳當然會覺得難過痛苦，因爲妳幫不了渠風和安妮。可是他們沒怪妳，沒人會責備妳。妳自己看到渠風的簡訊了，甚至沒有一點怨懟，妳又何苦折磨自己呢？」

「……我從來就不知道你這麼能言善道。」佳燕的眼眶還是紅了，哽咽著，「我、我不止爲了渠風他們傷心，我也、也想起了詠欣……我的好朋友們……你知道，我從來就沒幫上什麼忙。甚至連安慰他們，都做不到。」

「佳燕……」

「我眞的覺得自己很糟，糟透了。」佳燕伏在咖啡桌上低泣。

子鴻輕聲地安慰著佳燕。他沒說什麼鼓勵還是振作的話，只是要她別哭。有些事，安慰是沒用的，要自己看破，自己想通才行。子鴻很清楚這點。置物櫃的事件發生後，佳燕憑著毅力撐了過來，這次也一定可以。他衷心希望，佳燕的身邊別再出現和死亡相關的事。

子鴻看著手機暗掉的畫面，簡訊文字隱約可見。子鴻其實多少能猜到事情的走向，可是他不想談。用力扯開傷口，然後在其中撒辣椒粉，這不是明智的行爲。其實他現在完全能理解詠欣對佳燕說的那些話。

總是喜歡恐怖的佳燕，現在眞的見識到了。

「……妳打算什麼時候搬回家？我替妳打電話到日內瓦跟伯父伯母談談好嗎？」子鴻溫柔地問。

佳燕撐起上半身，「喔，天哪，我會搬回家。我懶得打電話，直接搬回去就行了……反正舅舅本來就有留房間給我。」她胡亂抓起餐巾擦臉，「我再也不想在外面租房子了，死都不想。」

不愧是潘佳燕同學。子鴻微笑著。佳燕的眼神不再那麼渙散。他從來沒說過，沒告訴任何人——總是能很快地恢復鎮靜；總是能拋下痛苦，勇敢地振作——這就是他喜歡佳燕的原因。跟那種沉浸在憂傷裡一輩子都清醒不了的美少女比起來，還是潘佳燕同學比較好。

「幹嘛那樣看我？好肉麻。」佳燕哼了一聲。

「什麼肉麻，這是痴情的眼神。懂嗎？」

「最好是啦，我沒力氣跟你吵……我仍然處於憂鬱和悲傷之中，難道你看不出來嗎？」

「我個人是覺得妳已經好很多了。哭完就好，這是妳的特色。」

「你這個人眞討厭！」

不知不覺已經傍晚，咖啡店裡的服務生對於角落這桌只點了一杯拿鐵就窩上大半天的女學生和她的男朋友報以無比敬佩之心。服務生們在櫃台後決定打賭，賭看看這對看起來有點怪怪的情侶是不是還能再待個三小時。

「已經天黑了！」佳燕看著落地窗，她終於覺得腰痠背痛，「時間過得眞快。」

「嗯嗯。也該走了，要回去打包妳的行李，然後再送妳回家。」

「打什麼包啊，根本就還沒拆開過。」佳燕注意到逐一亮起的路燈，單手支額，喃喃自語，「喔，天哪。希望這事就到此爲止，就這樣結束。」

「是啊，」子鴻也望向窗外，順著佳燕的視線，「就這樣結束吧。」

街景因天色變暗而顯得有些朦朧，人行道上學生和剛下班的上班族來來往往。大家看起來都各懷心事，每個人都有每個人要去的地方。這個世界上絕大部分的人都仍過著平淡無奇的日子，當他們需要刺激時，百視達之類的地方有整櫃的恐怖電影可以提供給他們需要的尖叫和投射性的暴力發洩。但是，人們卻十分矛盾，特別是當眞正的恐懼降臨時。

那天晚上子鴻陪著佳燕回家了。佳燕原本的房間沒被動過，舅舅一家人的確吵到不行，但佳燕卻感受到了無比的溫暖和踏實。佳燕那個念國中的表弟纏著子鴻教他三步上籃，舅媽煮了一桌好菜，其中還有她最喜歡的牛腩煲。

夜裡，佳燕終於回到了久違的大床，她坐在床邊，看著子鴻替她重新裝好的電腦，有種終於回到常軌的慶幸。她得專心念書才行，以後，沒人能幫她抄筆記，沒人能幫她惡補了。

佳燕在心裡默禱。不管渠風和安妮在哪，都希望他們能過得好。她打開電腦，決定現在就重新申請一個MSN帳號。她看了一眼放在角落，還沒來得及整理的整箱DVD。她本想申請一個無聊的帳號就好，但不巧的，連續輸入三個帳號都已被註冊。

佳燕發著牢騷，但無論如何，她都不想再用恐怖電影片名當作帳號。她只好再試了試，最後乾脆選了一個有點長但大家耳熟能詳的：GODSAVETHEQUEEN，意思是天佑吾王。這至少是個正面的開始，對吧？

「佳燕！洗澡水放好囉，快點去洗吧！」舅媽在門外喊道。

「喔！馬上來。」

佳燕匆匆起身，奮力地把皮箱拖上床，拉開拉鏈，拿出了換洗的衣服。她鬆開內衣，綁起長髮，走向櫃子，拿出一瓶當初留在家裡的浴鹽，柚子香味的。她需要好好放鬆一下，把身體泡在熱水裡，然後連同那些黑暗的回憶一起洗淨。

就在佳燕抱著衣服和浴鹽走出房間後不久，液晶螢幕上的畫面開始無聲息地進行著程度。新申請的MSN帳號正自行增加聯絡人。

對方的暱稱是——

原地打轉。

Corpse

接到心晨電話的時候，祐慶有種抓住救生圈的感覺。

不管是誰都好，不管是什麼事都好，只要能讓他暫時脫離醫院，脫離維凌，他就打從心裡萬分感激。祐慶需要喘息，而且他得靜下心來想想，該怎麼把這件事告訴維凌和其他家人。

祐慶依照約定的時間到了心晨家樓下，沒想到卻看到了警方正在拉封鎖線。他不由得好奇地上前，在人群裡當一名觀眾。祐慶看到警方正在盤問大樓管理員，他忍不住擠過去聽聽。

「……警察先生，我眞的什麼都不知道啊！」

管理員是位五十幾歲的阿伯，國語挺標準的，瘦瘦高高，皮膚黝黑，穿著一套熨燙得十分筆挺的淡藍色保全制服，頭髮雖然染成全黑，但新長出來的髮根是參差不齊的灰白。

「不是你第一個發現死者的嗎？」叼著菸的中年便衣條子，看起來其實有點像流氓。

「是、是我發現的，」管理員沒奈何，苦著臉答道，「今天中午那、那位小姐剛搬進來。到了剛剛，我準備交班，下班前就拿住戶守則和管委會的聯絡本去給她。」

「然後呢？」

「然後到了她門口，看見門開了個縫，就推門進去……媽呀，一進門我就給她嚇個半死！真的，我活了這把年紀，可從沒見過這麼噁心的屍體。」

「這麼說，你以前見到的屍體都比較不噁心囉？」便衣條子皮笑肉不笑地反問。

「哎！警察先生，您可別曲解我意思！」管理員漲紅臉，「我以前沒見過屍體，一具都沒有！」

「好了，別激動。」便衣條子抽了口菸，續問道：「你接著說，推門——然後你看見了什麼？」

「門側有具屍體，很靠近門邊。屍體的腳好像被砍下來了，然後我就大叫，拿著對講機給樓下來交班的小陳，他報了警之後也上樓來，我們就一塊站在那兒好一陣子。乖乖屋裡全是血……後來，我把門關上，搭電梯下樓等你們過來，就剩小陳在樓上。」

「哪個是小陳？」條子問道，「那邊那個是嗎？」

「是！就是他。警察先生，他們說屍體沒在門邊，是在衣櫃裡，這不對呀，真的是在門邊，我開門時明明看到了，小陳也看到了。我們還嘀咕說，那個可憐的胡小姐八成是想逃，但最後沒成功。」

「胡小姐？！」祐慶驚呼一聲，穿過封鎖線，「你說胡小姐？中午剛搬來的胡小姐？！胡心晨小姐？！」

本來幾名警員架住了祐慶，要把他拖走，但一聽到他認識死者，抽著菸的便衣條子連忙揮了揮手，「等一下。先生，你認識胡心晨？」

「認識！我們是同事！她今天搬家，我——我還帶了一瓶紅酒來祝賀。」祐慶高舉袋子示意。

便衣條子把菸扔在地上，用鞋尖踩熄，「能不能麻煩你跟我們回警局一趟？有點事想請教。」

祐慶想不出拒絕的理由，於是點了點頭。他往雪白的救護車方向瞄了一眼，擔架雖然已經運上車，但車門未關，他清楚地看見了紅與白的強烈對比。祐慶幾乎能想像，殷紅的血是如何沿著白布的紋理緩緩滲著，前進著。

不久後，遠處的天際響起了悶雷，

但雨點卻遲未落下。

Possessed

祐慶第一次去警局時，幾乎只是以聊天的方式回答了幾個無關緊要的問題。在案發初期，警方根本對心晨和其周圍的人毫無了解。

第二天，祐慶在前往醫院的路上買了份報紙，頭版就是心晨的案子。這起案子被譽爲台北市近二十年來最兇殘的血案。心晨的雙腳從踝部以下被砍斷，右手手掌也是，左手手掌則被削掉了三分之一。

根據記者所寫，這案子非常怪。大樓的監視器裡沒拍到兇嫌，而發現屍體的管理員兼保全也的確沒有進入過屋內。但是，管理員表示，一開始他發現屍體時，屍體是趴臥在門側，顯然要掙扎脫逃，門邊也的確有著長長的血跡。但是當警方抵達時，屍體卻像個被棄置的玩偶，就這麼塞進衣櫥中，心晨的右掌被扔在流理台旁，雙腳在床的附近。從發現屍體到警方抵達，前後不過十分鐘的時間，是誰移動了屍體？監視器裡的畫面可以證明，待在樓上案發現場的另一名管理員並沒有進入屋內，事實上他跪在走道吐了好一陣子。

祐慶沒看到心晨的屍首，但光是想像，他就覺得渾身發毛。他忽然覺得不該在計程車上讀這份報紙，現在不但暈車，而且非常反胃。就在到達醫院前幾分鐘，祐慶的手機響了起來。是昨日那位很俗的便衣條子打來的，他請祐慶再到警局去一趟。

到警局後，便衣條子今天穿著一件花不溜丟的夏威夷衫，還有一件在腰部打了許多褶的軟料西褲，他今天沒抽菸，改嚼檳榔。

條子注意到祐慶的表情，解釋道：「菸害防制法造成的。」祐慶露出十分理解的微笑。「我懂。」

便衣條子倒了杯開水給祐慶，「昨天好像忘了說，我姓吳。」

「原來是吳警官。」

「看了今天的報紙嗎？我們這兒什麼報都有。眞了不起，頭版我們全包辦了。上頭打了不知多少通電話給各路人馬。」吳警官說道，「你大概不知道，辦案子這檔子事，上頭抓得緊，案就破得快。有些案子沒人理，自然也就拖在那裡了。」

「嗯。」祐慶苦笑。

「我啊，昨天整夜沒睡，忙著調查胡心晨到底得罪了什麼人。這個小女生不簡單哪，這麼年輕就買了房子，我早上拜訪了屋主，這一問哪，更覺得死者了不起了。你是她同事，你一定知道那附近的房價對吧？但是這位胡小姐可神奇了，她硬是能用比市價低了一百萬的價格買下那間套房。這其中——應該有什麼原因吧？我對房屋買賣不了解，於是就問屋主，怎麼就甘願賣得這麼便宜。」吳警官頓了頓，一副說書的口吻，「嘿，沒想到還眞有那麼回事！原來啊，不知道是什麼人到處散佈假消息，還在網站上說那間套房鬧鬼，但屋主又偏偏急著變現，所以胡小姐算是撿到了便宜。」

祐慶沒想到會扯上自己，只好點點頭，「原來是這樣。的確，大家都怕買到凶宅。」

「後來，我就請同事上網查查，到底是哪個網站有提到這間套房，也就是案發現場。找了一下，喔唷，不得了，這可麻煩了。徐先生，那篇在凶宅網上的文章太恐怖了，文章裡說，那間套房裡死過人，有個女人的屍體就放在衣櫥裡……我差點嚇得尿褲子……這說的不就是昨天的案子嗎？」吳警官裝腔作勢，實際上一點也聽不出有何害怕。

「這、這也太巧了。」

「不止呢！後來我們請網路警察找出發表那篇文章的人。太巧了，那篇文章剛好是徐先生你發表的吧？嗯？」

「……」

「那個帳號在前陣子也發表了另一篇文章，說某棟舊公寓發生過慘案。沒記錯的話，那地址不就正好是徐先生你現在住的地方嗎？」

祐慶看著不停往紙杯裡吐檳榔渣的吳警官，後者旁若無人地揉著鼻子，桌上摸來印有火辣裸女圖的小紙盒，倒出兩顆夾有石灰的檳榔，塞進嘴裡。吳警官的牙齒發紅，嘴唇似乎乾裂。

「凶宅，很難賣出去。」祐慶嚥了口口水，說道，「爲了能便宜買到想要的房子，我只好這麼做。」

「所以，徐先生，你承認你就是凶宅網的站長囉？」

「不，你弄錯了。我的確在凶宅網上發了兩篇文章，但站長不是我。你可以查得到我註冊日期，在那之前我根本就不知道有這個網站。」

「是嗎？但是據我們的同仁表示，凶宅網的主機，根本就設置在你所住的房子裡。徐先生，對此，你有什麼說法？」

「不可能！」祐慶覺得太荒謬，「我會不知道家裡有台別人的電腦主機？開玩笑！」

吳警官看著祐慶的反應，彷彿在欣賞動物園裡的猴子。他無所謂地點點頭，「我很清楚徐先生的意思了。今天到此爲止，你可以回去了。」

走出警局後，祐慶氣急敗壞地跳上計程車，趕回家去。一到家，他便用備用鑰匙打開了安妮的房門。一定是安妮的電腦！安妮想報復他，所以不知道用什麼方法，把凶宅網的主機連上這屋子的網路線，一定是這樣的！

賤貨，賤貨，賤貨！

祐慶奮力踹開房門，很快便看到了安妮桌上型電腦的主機，正當他伸手想打開電源的瞬間，一陣尖銳的笑聲忽然從四面八方湧向他。那個應該是笑聲，可是因爲太過刺耳，以至於超過了祐慶能分辨的範圍。他承受不住，雖然用手捂上耳朵，但那股恐怖又刻意拉長的笑聲仍然穿透了他的手，進入耳中，不停地刺激著祐慶。笑聲——似乎是很多人一起發出的，層層疊疊地緊密融合成一股強大的音浪。

「快停下來！快呀！」

祐慶滾倒在地，這時地板開始劇烈搖晃，天花板上的風扇吊燈自動旋轉起來，衣櫥門板砰砰地開闔著，一股無形的力量從四面八方聚集而來，窗外的群鳥像是著魔似地拚命撞擊著窗戶，直到牠們的鳥喙裂開，眼珠破爛爲止。

在某一秒鐘，這一切無預警地猛然停住，宛若被什麼人按下了OFF鍵。除了窗玻璃上還有鳥兒留下，沾滿鮮血的羽毛外，房裡就像什麼都沒發生過似的。寂靜。

祐慶過了好一會兒，才搖搖晃晃地從地板上爬起。他神情十分平靜，輕輕地拍了拍自己的衣褲，拉了拉襯衫領。祐慶走出了安妮的房間，來到浴室。他打開水龍頭，用冷水洗了把臉，抬頭仔細注視著鏡裡的自己。

「我不喜歡他的長相。」

Denouement

廁所外的走廊似乎亂成一團。也對，育嬰室裡無端端少了兩個新生兒，值班護士怎能不著急。

「祐慶」喘得很，他好久沒這麼活動了。幾乎忘了走路和跑步的感覺，也忘了手指那極敏銳的觸感。他第一次感覺到人體的精妙，只不過這種感覺很快就會消失，他知道的。

幸好在抱走孩子時，他先用預備好的布團塞進他們的小嘴裡。現在，他要實現十幾年前那發自內心深處的黑暗願望。雖然這並不是他的孩子，但又有什麼關係呢？

他把兩個孩子裝進預備好的白色布袋中，然後束緊了袋口。他記得以前看過的電視劇裡，秦始皇宰孩子的方法很不錯，他一直想試試。幸好小嬰兒還不重，他一把抱起，把蠕動不停的袋子高舉過頭。他轉頭朝著鏡子一笑，做了個鬼臉，然後鬆手。

第一次，袋子還會動；

第二次，袋子還是會動，但袋子有些部分被染紅了；

第三次，袋子動得十分微弱，鮮紅色的血佔據了表面的三分之一；

第四次，袋子先撞向牆上的大鏡子，然後再跌落洗手台。

他本以爲鏡子會破裂，沒想到只出現了一條細微的裂痕，不仔細看便會漏掉。袋子似乎靜止了。他看到袋底潮濕的鮮紅色流淌在洗手台上。他把袋子抱下來，放在地上，然後整個人跳上去踩。他無聲大笑著，想起了好萊塢電影裡赤腳踩葡萄的場景。那算什麼，他可是穿著高級皮鞋，踩嬰兒呢。他甚至能感受到，他的鞋跟踩破了臉還是什麼的。嬰孩的骨頭雖細，但斷裂時仍能聽到清脆的聲響。他踩了好一會兒，認爲夠了，於是從袋子上退下，緩緩後退，讓背部緊貼向冰涼的牆。

空氣裡全都是血味和廁所特有的尿臊味。他覺得挺累了，於是倚著牆坐了下來。袋裡流出的血愈來愈多，順著磁磚的縫隙進入了排水孔。天花板上的日光燈閃了幾下後又繼續盡忠職守地照亮這腥臭的空間。

他在想，十幾年前就該對那兩個孩子這麼做才對，不該讓太太動手。幸好，他爭取到了這次的機會。太好了。

他知道，很快地事情就會鬧大，然後院方很快就會找來這裡。他現在什麼都不必做，只需要在這裡休息就行了。那些正義凜然的警察大人們很快就會出現，把祐慶當作現行犯逮捕，再弄點什麼證據，把胡心晨的死也算在祐慶頭上。那個業務員小妞很正，有點可惜。哈。

他眞的幾乎什麼都不必做——

只要停留在原地，

在原地打轉。

Resume

「請進來吧！」房仲業務好不容易才找對鑰匙，打開鐵門和大門，他鼓起三寸不爛之舌，「這間房子屋況很好，屋主是位老太太，住在南部，她上了年紀，不方便處理這些事，所以完全委託給我們公司。來，請看，房子是老了一點，可是粉刷過後，看起來跟新的沒兩樣！兩位看過那麼多房子一定知道，這種老公寓，室內坪數大，公設比很少，非常划算。」

來看屋的是一對三十出頭的夫妻。夫妻倆個頭都不高，但都是公務員，經濟能力不錯。太太懷孕之後，娘家拿了一筆錢要給夫妻倆當自備款，這種單純的客人業務員最喜歡，沒有投資客那麼難搞，手頭寬裕，也不至於眼高手低。何況夫妻都是公務員，更不會有貸款貸不下來的問題。

「你說屋主是位住南部的老太太？」來看屋的先生臉上戴了副膠框眼鏡，故作雅痞。他問道：「爲什麼要賣呢？這裡離大學那麼近，附近有捷運和夜市，租給學生不是很好嗎？」

業務陪笑臉，「是這樣的，那位老太太的兒子和兒媳前陣子過世了，她老人家就想賣了台北的房子，把錢握在手上。也是啦，老太太一把年紀，又不住台北，若是把房子出租，管理上有困難。請放心，這屋子絕對沒問題！」

屋子是沒問題，但……業務有些話沒敢講。現在的屋主，那位徐老太太是從兒子身上繼承了這棟房子。老太太的兒子媳婦之前就住這兒，似乎還是房仲同行哩。不知道爲什麼，年輕的徐太太在醫院自殺死了，徐先生進了看守所，後來也自殺了，這棟房子便由徐老太太繼承。

由於原來的屋主徐先生夫妻一個是在醫院，一個是在看守所自殺，所以業務也算沒說謊，他們的死，的確沒發生在這屋裡。

「親愛的，」那位太太嬌聲說道，「這房子眞的挺寬敞的，而且三面採光，很明亮。」

「是啊太太，像這樣的雙併公寓很少了。住個十年八年的，說不定還可以加入都市更新計劃，重建成豪宅呢。」

「說到雙併，對門住的是什麼人啊？」太太問道。

業務員翻了翻手上的資料，「對門是空屋。說是五、六年沒人住了。以前好像住一位老婆婆，後來好像身體不好，進了療養院。」

「喔，這樣也不錯。以後孩子出生，就不怕吵到鄰居了。」先生微笑地看著太太的肚子。

業務員順口一問，「太太預產期快到了吧？肚子很大了。」

夫妻倆對看一眼，先生答道：「還有段時間呢。肚子很大，那是因爲懷了雙胞胎。」

「恭喜啊！」業務員滿面歡容，熱情無比，趁機推銷，「那兩位眞的更不能錯過這棟房子了！這房子室內坪數這麼大，至少二十年不用換屋，住到孩子長大都沒問題！絕不會嫌小的。」

「老公，這裡是不錯。」太太倒是挺喜歡的，她已經在心裡開始想像要如何裝潢。

先生試著保持一點理性。「這麼快決定，會不會太衝動了？」

業務員瞧準機會，馬上說道：「下午還有兩組人要來看，如果兩位喜歡，要不要考慮先付斡旋？我可以立刻跟屋主聯絡，要是屋主肯賣，斡旋金就直接轉訂金，怎麼樣？」

那位先生考慮了一會兒，他自己也喜歡這裡。坦白說，開價算低的了。雖然樓層有點高，不過他和太太都年輕，爬個四樓不成問題。這附近不但有大學，大學還有附設的教學醫院，生活機能樣樣齊全，幾乎沒什麼可猶豫的。要是想太多，恐怕馬上被投資客買走。若是有財力的專業房東，一定會立刻買下，隔成五、六間房租給大學生，不知道多好賺呢！

「我手上有十萬現金，在這裡。」那位先生打開了男用手提包的拉鏈，說了個價錢，「你現在就打給屋主。」

業務員還是先裝模作樣地嫌價錢太低，接著才說他勉強試試。就在業務員和屋主老太太聯絡時，這對夫妻又在房子裡轉了兩圈。他們非常確信這裡就是他們和孩子日後的家，不知道爲何，這裡的磁場讓他們感到十分舒適。其實價位不算是大問題，屋主若價錢很硬，他們也不排斥照屋主的開價買下。

「太好了！屋主願意按您開的價格成交！」業務員掛上電話，興奮地宣佈，「今天晚上屋主就來台北簽約。恭喜您！」

徐老太太總算丟掉了個燙手山芋。但這對夫妻並不知道徐老太太的心思，也不知道房仲業務曾經聽說過的那些謠言。此時他們沐浴在幸福中，心裡只想著花了半年的時間找房子，總算皇天不負苦心人……

買房子這種事，是講緣分的。

The End

怪談

鰻坊主

我的名字是福原詠美。

每次只要寫自傳，我總是寫完名字之後就停筆了。該怎麼說呢，我是個極平凡的二十歲女孩。

從小到大讀的都是普通的公立學校，從來就沒想過要成爲了不起的人，只想過著普通的日子。長相一般，家庭也很普通，除了必備的父母之外，我還有個妹妹詩美，她還是個國中生，也跟我差不多，平凡得很。

這麼平凡的我，爲什麼會成爲故事的主角呢？

這一切都得源自於那年夏年。

那年夏天，由於祖父病倒了，於是身爲獨子的父親帶著我們一家搬回了故鄉。剛好父親在那年領到了一大筆的退職金，於是他開始計劃著全新的人生。

後來，他決定繼承祖父原本經營的食堂。

這個決定母親十分贊同，我和妹妹也沒有什麼反對的理由，不過我倒是先向父親聲明，希望他可以不要求我到食堂裡幫忙。

什麼？不孝？

要這麼說也不是不行，

但，我就是討厭鰻魚！

所以絕不想到專賣鰻魚飯的食堂幫忙。

滑溜溜的，腹泛著乳黃白色，背部卻是深沉的灰青色，表面上發著光，長長的嘴看起來十分討厭，噁心死了！

光是想到就討厭，更何況小時候曾在祖父工作的廚房裡，看到大木桶裡在淺淺的水中彈跳的鰻魚，啊，實在令人害怕。鰻魚那亮亮的眼睛……天哪，我又開始想吐了。

而且，殺鰻魚的過程我也很反感。祖父和父親都是用釘子固定住活鰻魚的頭，然後用利刃把牠從一刀橫剖成兩半。我曾經看過，宰殺鰻魚時，被釘住的魚頭似乎沒有感覺到身體的肉已被人取走，兀自掙扎求生，上下起伏掙扎著。

總之，我討厭鰻魚。

不過，祖父和父親炮製鰻魚的廚藝聽說一流，家裡秘傳的醬汁配上多年燒烤技術，將鰻魚先蒸後烤，使得肉質十分鬆軟，大受好評。食堂裡的牆上，還有許多名人的簽名，好比說知名演歌歌手美川憲一、八代亞紀，名作詞家康珍化，演員市毛良枝、根岸季衣，還有搞笑團體次長課長和不可接觸等等。當然，也曾經接受過雜誌和電視訪問。

既然是專賣鰻魚飯的食堂，鰻魚的供給採購，就是十分重要的一門學問。食堂裡所用鰻魚長年來都是向祖父的老朋友生沼先生購買，不過在父親接管食堂後，他重新決定的採購的對象，換成了鎮上一家連鎖魚店。

母親認爲父親的決定未免太草率了。生沼先生提供鰻魚給店裡幾乎有四十年之久的時間，不但和祖父建立良好深厚的友誼，也看著父親長大。另外，生沼先生所售出的鰻魚都十分新鮮，即使市面上遇到鰻魚缺貨的情況，生沼先生的商品也從不打折扣，而且在這麼長的時間以來，從來沒有出過錯，或造成麻煩。

「你說說，到底爲什麼不再和生沼先生交易？這樣爺爺知道了一定會很生氣的。」母親非常不高興，她完全不能理解父親在做什麼。

父親抽著菸，不耐煩地答道：「妳懂什麼？！我之所以會這麼做，當然是有原因的啊！生沼先生對我們家那麼好，妳以爲我想這麼做嗎？！」

「那你就說清楚啊！把你的苦衷說出來不就好了嗎？」

「……妳怎麼這麼囉嗦呢?店裡的事如果妳不喜歡就不要管,我自己一手包辦行了吧?做什麼都得事先向妳報備,到底我是老闆還妳是老闆啊?」父親急促地連抽兩口菸,「總之妳少管閒事!」

父親焦躁地從榻榻米上站起,順手抓了一件夾克,匆匆走出家門。聽著父親穿著拖鞋,發出啪噠啪噠的腳步聲,他應該是去不遠處的食堂。

「哇嗚嗚~詠美、詩美,妳們都聽到了吧?妳們那沒良心的爸爸就是這種人!哇嗚嗚~」母親用圍裙拭著乾澀的眼,好像想把淚水擠出來的樣子。

「我說媽媽……看樣子,爸爸好像有不得已的原因,就別再問了。」我說道。

「可是,不管有什麼原因,都應該告訴我才對!我跟妳爸爸可是夫妻啊!哇嗚嗚~」喔,終於擠出一點淚水了。

「好了,媽媽,別哭了,我和姊姊會好好跟爸談一談的。」詩美向我使個眼色,我不得不從榻榻米上站起。

每次都這樣。只要父母一吵架,我就負責安撫爸爸,詩美則負責勸說媽媽。雖然我不太在意其中的差別,不過每次吵架都是爸爸跑出去,所以我也得跟著到處跑,心裡有點不是滋味。唉,詩美那傢伙,每次都挑輕鬆的事情做。

夜風很涼。我拉緊毛衣外套，快速地往食堂的方向小跑步前進。不到一分鐘就追上了邊走邊抽菸的父親。

「爸爸！」

「哎呀詠美！這麼晚了跑出來幹嘛？」

「人家擔心您嘛。」

「沒事的啦，爸爸好得很。」

「現在要去食堂嗎？」

「嗯，是啊。妳回去吧。爸爸不要緊的，喝一杯就回家了。」

「家裡也可以喝嘛，走吧，我們回去。」

「詠美。」爸爸突然停下腳步，「妳也覺得爸爸很不講理嗎？」

「老實說，爸爸可以把換掉生沼先生的理由告訴大家，我們會理解也會支持的。我們是一家人哪，爸爸。」

父親苦笑，繼續往前走，但腳步放慢許多，「……是妳爺爺的堅持，所以沒辦法。」

「什麼？！那爺爺的理由呢？」

「我不知道……所以，這才沒辦法跟妳媽交代清楚啊！爺爺只叫我不要問而已——」

父親再度停下腳步。食堂就在前方十公尺左右的地方，一名老先生站在食堂門口，好像很困擾似地徘徊著。是生沼先生。

生沼先生很不高興的樣子，看來是要和父親理論。父親打開了食堂的門，請生沼先生坐下，我也機靈地趕緊端出啤酒。

「詠美，到樓上去看電視吧。」父親說著。

我點點頭，從廚房旁的樓梯上到二樓。雖然說是二樓，但其實是閣樓。天花板很矮，大概如同小學生一般高，閣樓有一條被子和一台小電視，是以前祖父睡午覺的地方。

打開電視後不知道過了多久，突然聽到砰一聲巨響，我連忙衝下樓，等到我跑到客席時，生沼先生已經倒在地上，他的前額滲出血，而爸爸手上拿著玻璃啤酒瓶。

「天哪！」

然而我的驚叫並不是因爲爸爸殺了人——而是因爲躺在地上的生沼先生，竟然在我和爸爸的眼前逐漸變身成一尾肥大滑溜的鰻魚……

我們食堂這幾年更有名了。

自從裝醬汁的桶子裡加料之後，

秘傳的醬汁大受歡迎，
客人更覺得風味絕佳，
只不過，除了我之外，
全家也都開始不吃鰻魚了。

鰻坊主

毒流しの漁を止める
諭しにやってくる
家の主は粟飯でもてなす
最終的に毒流しは決行
川からは粟飯を腹に
詰め　んだ大鰻が上がった

飛緣魔

從一早開始雨便滴滴答答下個不停，難得出遊的好心情不但被冷雨淋個透，連平日不愛嘮叨的佐助也囉嗦起來。

「我說，少爺啊，我們還是雇輛車回城去吧。」佐助在風中搓著手，肩膀縮緊，平常已覺得尖削的下巴，現在看起來更像老鼠的臉。

「難得出門一趟，咳，就算只能欣賞雨景也好。」我心平氣和，「要是再不出門走動，恐怕就連一粒屋外的灰塵都會要了我的命。」

佐助沒辦法，笑了笑，轉身向茶店老闆多要了杯熱茶。

我和佐助停留的地方是一家茶店，離湯島不遠，料想在平日應該人來人往，不過在今天這種下著淒迷小雨的日子，一路上只見過兩名結伴要穿越天城山的布販，並無其他人。

到山上走走是我的提議。我很想從稍高一點的山坡上俯視所住的城鎮下田。我父親是下田一家米行的老闆，家裡有近八十名傭人，在下田的街道上，沒有人不認識父親。

市川家的大老爺。

下田的人們總是這樣稱呼父親。

也因爲如此，「市川家那個身體不好的大少爺」成爲了我的名號。雖然打從心裡不喜歡，但那卻是事實。

美味的丸子才吃到一半，正想靜下心好好欣賞山林雨景時，父親派來接我的人力車已經到了。不止如此，弟弟桂雄也來了。

桂雄小我五歲，前幾天才剛滿二十，他和怎麼看都顯得蒼白的我不同，強壯高大又充滿了男子氣概。雖然不是同母所生，但是我們感情一向很好。四處遊歷的桂雄總是從不同的地方為我帶來各種書，讓我在病榻上的時間好過許多。

「一雄哥哥，怎麼樣，難得逃家就遇到下雨天，很討厭吧？」

桂雄從人力車上跳下來，用手擋著雨，走進茶店。他穿著縹色檜垣文樣上衣以及深色袴，帶上插著白色夏扇和一支能管，腳踏著桐木駒下駄（二齒木屐），頭戴鴨舌帽，十分瀟灑，怎麼看都是個美男子。

「什麼逃家，我只是出來透透氣。」

「可是父親在家裡卻像是發現你逃家似的急得跳腳呢。喂，佐助，怎麼把一雄哥哥帶到這種荒郊野外來了？家裡的人爲了打聽你們的去處，花了好一番功夫呢。」

這番話讓佐助的肩膀縮得更緊了，「這個，桂雄少爺，這個我……」

桂雄並非有意要爲難佐助，再蠢的人也知道佐助是因爲我的要求，所以才帶我來到天城山，桂雄只是喜歡開玩笑罷了。

「好了，別捉弄佐助，既然是來接我，那就回去吧。」看著人力車車伕淋雨的樣子，我覺得有些可憐。

我一站起，佐助便連忙打起傘，小心翼翼地護送我坐上人力車，桂雄也是，急忙要人拉好雨篷，即便如此，還是有幾滴雨沾上了我的衣袖。

「一雄哥哥，冷嗎？」

我笑著搖搖頭，「我還沒有虛弱到這個地步。」

「春天的風，吹起來倒還滿冷的。」

「是啊，所以春天的晚上，少出去爲妙。」我說。

桂雄哈哈大笑起來。他知道我在說什麼，但我並不指望桂雄能接受我的忠告。現在他正是血氣方剛的時候，有錢，有時間，有體力，而且長相俊美，要他不到處風流根本就是不可能的事。即使他足不出戶，家中自動送上門的女傭也多到可怕。現在一想，我剛剛分明說了多餘的話。

「下次帶哥哥一起出去吧。」桂雄突然說道，「老是只有我被父親罵，太無聊了，犯罪是需要同伴的。」

「好啊，如果我翻得過圍牆……」

「一雄哥哥，現在已經不流行翻圍牆了喔。我呀，直接付錢給看管廚房後門的男僕，這樣方便多了。」

哈哈，我在心裡苦笑。也只有像桂雄這樣夜夜笙歌的傢伙需要直接買通守門人了。老實說，我很羨慕。

從小到大，我的時間幾乎都在密不透風的房間裡度過。即使請來了老師教我讀書認字，父親也規定授課不可以超過一個鐘頭，唯恐我太累，身體吃不消。

雖然我是市川家的繼承人，但我更羨慕從小就活潑健康的桂雄。要那麼多錢財幹什麼呢？我想要的是自由自在的行動力和健康啊。

那天之後，連著下了好幾天的雨。一到半夜，雨勢更大，因為如此，桂雄很難得地乖乖待在家中。雖然在家裡，但仍不缺女人。好幾個喊得出名字的年輕女傭爲了桂雄爭風吃醋，她們之中，有些相貌不錯，但也有幾個，只是有著年輕柔軟的身體罷了。

男女之事，我在書本裡讀得多了。有的書上只輕描淡寫帶過，有的書裡描述得十分露骨。更何況，我也曾經親眼見識桂雄和洗碗女工的風流韻事；當然，那只是意外。

「一雄少爺。」障子門後忽然傳來一陣陌生的女聲。

不是平常服侍我的阿梅。我注視著障子門，煤油燈照出女子側面，梳著傳統未婚姑娘的桃割式髮型。

「是誰？」我問。

「我是阿露。」

「阿露？」

「是。」

「有什麼事嗎？」

「桂雄少爺要我拿幾本書過來。」

「進來吧。」這麼說，大概是桂雄那裡的女傭。

障子門輕輕滑向一旁，垂著頭的女子挪動身體，進入了我的房中。她看起來身材嬌小，大概十六、七歲，身著粗棉藤色和服，半幅帶在腰後綁成男裝式的貝口結，顯得十分別致。

「一雄少爺，這是桂雄少爺交代的書。」

她雙手把書推至我面前，仍未抬頭。即使如此，也能想像得到，這名叫阿露的女傭，一定長得十分秀麗。

「以前沒見過妳，是新來的嗎？」

「是。我剛來工作沒多久。」語調並不緊張，很好。

「之前在哪裡工作？」

「在修善寺溫泉和湯島溫泉那裡都工作過。」

我瞥了一眼阿露拿來的書，嚇了一跳。那是從出島[13]流傳出來的書吧，是荷蘭來的書籍，封面是版畫印刷的春宮圖。

桂雄這傢伙，怎麼能叫女孩子拿這種書過來呢？

要不，至少該用包巾包好才對。

「一雄少爺。」阿露忽然抬起頭。

我倒抽了口氣。她並非絕世美女，但是肌膚幼滑細白，圓圓的雙眼黑白分明，五官清秀可愛。我不由得盯著阿露，好像曾在哪裡見過。

「少爺。」

「啊？什麼事？」

「桂雄少爺吩咐我向您借一本書。」

「什麼書？」我不知不覺臉紅了，但阿露彷彿視若無睹。

「清水清玄六道巡。」她答道。

「妳……識字嗎？」

「是。」

「在角落的案上，自己去拿吧。」

⓭ 出島，日本江戶時代幕府因執行鎖國政策而建造的扇形人工島，在一六四一至一八五九年期間允許荷蘭商船出入。

桂雄這傢伙，就連看書也挑那種內容的。清水清玄的故事雖然不脫怪談小說，但有不少版本都將清玄和櫻姬的情節加以渲染，幾乎成爲了春宮小說。

阿露和其他女傭一樣，和服下襬都只到小腿肚。我本想看她是不是眞能找出那本書，但目光卻停留在她露出衣外的雪白四肢和線條柔和的側臉。

奇怪，確實很眼熟。

我支著頭，一面看著阿露的動作，幾束髮絲在寬鬆的掛衿處上下游動，有時會貼在她頸上。

……就快想起來了，這女人……

我猛然一驚，瞪大雙眼。難怪那麼面熟。

「一雄少爺，我找到了。」阿露轉身，行禮之後便告退了。

望著被關上的障子門，我有種無法言喻的複雜感受。阿露的面貌竟然和某本書上的人物一樣。我記得應該是河鍋曉齋[13]所繪的某幅圖，和妖怪有關的。

夜裡不知道是否因爲看了那些西洋畫冊的緣故，輾轉難眠。好不容易意識開始模糊時，耳邊卻傳來了讓人更加清醒的聲音。

雖然是第二次聽到，但我仍然在瞬間感到臉紅。照理說這應是兩人一起發出的聲音，但此刻只聽到女聲。

我費了一點力氣，坐直身體。

是誰這麼有膽量，在我的屋子附近做出這種事來？

躡手躡腳地拉開障子門，原本以爲走廊會漆黑一片，事實上我低估了月光。蒼白的月光斜照著板敷，上過蠟的木地板微微反映著淡銀色的光。庭院裡的飛石沾染夜露，在月光下閃著寒光。

春夜啊。

女子的聲音在寂靜的夜裡浮動著。壓抑著，忍耐著，克制著，從喉間發出顫抖的呻吟。

⑭ 幕末至明治的日本天才畫家，早年曾向歌川國芳習畫，後發展出更自由的風格，個性強烈，創作許多諷刺作品，但廣爲流傳的卻是妖怪鬼靈的作品，較知名的代表作有〈曉齋百鬼畫談〉。

雖然在夜裡看不清楚，但那和服的顏色在月光下仍可分辨。腰部以下的衣襬被拉向身體兩側，雙腿像是好不容易掙脫束縛似地大大張開，她一手撐住往後傾斜的身體，另一手拿著像是能管似的東西，時快時慢地動作著。

她的頭微微後仰，看不見我。

是呀，她看不見我。

看不見我微微弓著身，

伸手入衣中。

雖然我不明白，爲何她會選在此時此地，但看她的神情，想必是忍耐很久，實在無法撐下去了，所以才出此下策。

她咬著唇，強迫自己盡可能別發出聲音。散亂的黑髮舞動著，我的手也無法停止……

次日清晨醒來，恍若作了場激烈的春夢。腰部有點痠軟，但精神卻很好。我的病就快根治，照理說該好好愛惜身體才對，但是昨夜那種感覺會使人著迷，令人無時無刻都想重溫。我想，她也應該一樣才對。

之後，幾乎每夜我都會夢到她。她一次次靠近我，彷彿我的手掌已經緊緊貼在她柔軟的身體，彷彿那藤色和服被我親手扯下，彷彿我取代了那支能管——

春夜啊。

夏天來臨前，下田最大的米行籠罩在一片悲傷之中。從小就體弱多病的繼承人一雄少爺病逝了。雖然他的健康情形並不理想，但經過多年調理，已經十分穩定，只要注重調理休養，不要過分操勞，就能夠好好活下去。

但是，在多雨的春季裡，他突然惡化了。臉色蒼白中帶著不健康的潮紅，愈來愈憔悴。原本還能偶爾出門散步，但有一天早晨根本連起床的力氣都沒有。

請來的名醫結論倒是一致得很。

「怎麼搞的，竟然精氣耗損殆盡……」醫生低聲問道，「一雄少爺有女人了嗎？」

「不可能的，絕不可能。」桂雄大力搖手，「您不是不清楚一雄哥哥的情況啊……大概是被纏上了……」

「什麼？」

「你知道的，那種妖怪，專門吸取男人精血的那種。」

「不，這是縱慾過度的結果，不會錯的。」醫生嘆氣，但並沒多說什麼。

走出市川家時，老醫生不禁回頭看了一眼，他微微地搖頭。大概是不方便說吧，畢竟因爲好女色而搞到送命的地步，說出來未免太丟臉了。

太可悲了。

「哎呀，這不是桂雄少爺嗎？」濃妝豔抹的澡堂妓女笑吟吟地迎上前，另一手往澡堂裡招呼。「阿露呢？快叫阿露出來！桂雄少爺來了。」

阿露穿著浴衣探出頭，蓬鬆的黑髮垂著幾束髮絲舞動，她抱著木盆，似笑非笑地看著桂雄。

既然來到這裡，該做的事還是要做。桂雄換了浴衣，和阿露走進附有單人湯池的小房間內。

木盆跌落在地的聲音一下就被阿露和桂雄歡愉的淫語蓋過。桂雄一向喜歡阿露，不管是她如同天生玩物般的身軀，還是比任何女孩都放蕩的表現，桂雄就是喜歡。喜歡，總是伴隨佔有，這也是桂雄不允許讓阿露直接用身體引誘一雄的原因。

「……所以，之後你就能繼承市川家的一切了吧？」

「說是這樣說沒錯，可是老頭子身強體健，我看還有得等。」一番激戰後，桂雄還是壓在阿露身上，不肯動。他很喜歡這樣，維持著結合的姿勢。

「不過，你那哥哥也未免太好解決了。只誘惑他一次就成功了。」

「是沒錯，多虧了妳的表演。不過，是他自己害了自己。」桂雄的語氣淡淡地說道，

「壓抑太久了，一旦開始就結束不了。」

阿露不以爲然，一笑，「你呢？開始之後結束得了嗎？」

「當然不行。」桂雄一把抓住阿露的頭髮，他恢復元氣，再次擺動起腰部。「所以我付了錢，要把妳買回家裡。」

阿露承受著，緊皺著眉，「……你想，市川家的大老爺，會喜歡我嗎？」

「會有男人不喜歡妳嗎？嗯？別忍著，叫出來呀。」

狹窄氤氳的澡堂小房裡，桂雄抱著阿露白皙的身體衝刺著。他得把阿露弄回家才行，除了一雄之外，父親也活得太久了。讓阿露引領父親走向死亡，也算是一種極樂的死法。只是，這次該用什麼名目來掩飾父親的死亡呢？就像一雄哥哥死時對醫生宣稱的，是被飛緣魔纏上的？算了，此刻桂雄腦裡一片空白——他感到阿露正在收縮著。

飛縁魔

かたちうつくしけれども
いとおそろしきものにて
夜な夜な出て男の精血を吸、
つゐにはとり殺すとなむ。

夢話

坐在計程車後座，他按著腹部左側。

該不會是肝爆了吧？最近總覺得微微的疼；不過，肝不是不會疼嗎？他懶得去想。如果眞是爆肝，他也不意外。自從當上總經理後，每週至少有五天晚上是泡在尼古丁和酒精裡度過。雖然回家之後總是乖乖服用保肝食品，不過他彷彿能感覺得到，自己的肝似乎正逐漸變黑變硬。

他打了個呵欠，自己沒什麼感覺，但前座的運將卻聞到濃濃酒味。從林森北路坐上車的客人，大都是這個樣的，差別只在身邊有沒有帶著小姐而已。

斜斜靠著，渙散的目光隨著汽車行進，瀏覽著明滅街燈。還記得結帳時，櫃台上花俏的時鐘顯示著一點二十九分。連呼吸都有點吃力。

「人客，應酬完很累吧？」運將看他沒睡著，打破沉默。

「是啊。」他總是有問必答，但這時連苦笑的力氣都沒有。

「賺錢有數，性命要顧。」

「嗯，我知道。」

運將那句話讓他想起往事。為了爬上這個位子，他多少也幹過點見不得人的醜事，傷害過某些人。

疼痛忽然停止了。

冷汗卻在瞬間竄上頭臉。他連忙從西裝口袋裡掏出手帕抹乾汗水，一面調整呼吸。出汗之後，整個人輕鬆不少，疲倦感好像在瞬間減輕許多。他坐正身體，清了清喉嚨。

「晚上開車，也很辛苦吧。」

運將答道：「那當然，辛苦還無所謂，最怕碰到一些壞東西。」

「也對。」

「啊，錢難賺，子細漢，無法度啦。」說著，運將笑了。雖然辛苦，可是那笑容裡充滿了身為一家之主的自信和擔當。

一家之主……如果當初沒想著拚命往上爬，現在他也該是一家之主了，為了老婆孩子奮鬥，而不是在花街喝得醉茫之後，一個人回到空蕩寂靜的豪宅之中。

各有各的路啊。

他總是用這句話來排遣，

排遣那種叫作遺憾的東西。

計程車在仁愛路上某棟豪華大廈前停下，他抽了張五百元鈔票給運將，說不用找了。運將訝異，但還是道謝收下。

他在寒風中站了好一會兒，路口紅綠燈變換好幾次之後，他才蹣跚地走進大廳中。迎上前來的值夜警衛老陳早就看慣他這樣了，替他按了電梯，客氣地請他留意腳步。

電梯門關上前，他告訴自己這一切是正確的。他不想跟老陳一樣，一輩子庸庸碌碌，中年失業之後只能幹個勉強餬口的警衛工作。即使有老婆孩子又如何？如果是個不會賺錢的父親，在家裡也不可能有什麼地位的。他這樣告訴自己。

進了家門，脫下大衣鞋襪之後，他往床上一倒，打算就這麼癱到天亮。本以爲喝了這麼多酒，今晚能夠好睡一點，但仍和過去一樣，他總是在睡夢中驚醒。

每天都這樣。

雖然常常驚醒，但卻也沒什麼不妥，只要翻身再睡，就能一覺到天亮，所以，他從未放在心上過。

但是最近，他忽然得知了睡眠中斷的可能原因。前陣子和部屬一起去日本出差，因爲飯店臨時出了狀況，所以他和年輕的屬下小吳睡同間房。在回程的飛機上，小吳客氣地表達了他的擔憂。

小吳問他是不是睡眠品質不太好，他點頭承認。小吳說，他總是在半夜說夢話，雖然含糊不清，可是聲音卻有點尖銳，不像他平時說話的音調。小吳勸他去看看醫生，長期睡眠障礙會導致許多疾病。

小吳深怕惹惱他，字字句句都小心謹慎，他笑著對小吳說，會的，他會找個時間去醫院檢查，也許他該好好進行一次健康檢查才對。

他躺在床上，昏昏沉沉中想起了小吳的臉。從日本回來之後，他根本無暇去醫院，反正他總是一個人，即使夢話說得再大聲，也不會有人抱怨。下次出差啊，說什麼都要好好確認訂房，他再也不想跟別人共用房間了。

幾天後的中午，他在自己的辦公室裡午睡，但卻被慌張衝入辦公室的秘書吵醒。嬌滴滴的秘書和幾名部屬神色緊張，恭敬地問他發生什麼事了。

「發生什麼事？」他一頭霧水，「我在休息，你們就這樣吵吵鬧鬧衝進來，我才想問發生什麼事了。」

秘書結結巴巴，「不，那個……我們在外面聽到了辦公室裡的尖叫，以爲發生什麼事了，所以……」

他瞪著秘書，「尖叫？」

秘書瑟縮地猛點頭，其他部屬也紛紛表示自己也有聽到。他皺眉，雖然在心裡納悶自己什麼都沒聽到，但還是鎮靜地解決這件事。

「我剛剛打開電腦喇叭，朋友寄來的短片裡有人在尖叫，大概是那個吧。」他溫和一笑，「讓大家嚇了一跳，不好意思。」

眾人鬆一口氣，「總經理您沒事就好。」

他笑道：「我沒事，呵，都出去吧。」

當辦公室的門關上的瞬間，他的心裡湧上一股極不舒服的感覺。他不是那種和部屬打成一片的新派上司，所以沒人敢跟他開玩笑。這麼說來，是他自己沒聽到所謂的尖叫吧……睡得太沉了嗎？他重新坐下，舒適的皮椅讓他又有了睡意。

這麼睏，一定是因爲晚上沒睡好。小吳說得對……再這樣下去可不行。環顧寬敞安靜的辦公室，空氣潔淨，室內的溫度也調得剛剛好，難怪會覺得放鬆想睡。他自嘲般地輕笑。

但——

一個念頭忽然閃過：

夢話，都說了些什麼呢？

他頓時完全清醒。一個人的時候說什麼當然都無所謂……可是，如果剛剛秘書他們聽到的叫聲是自己發出的呢？叫聲還算不了什麼，萬一睡夢中說出了不該說的話，又正好被其他人聽到……

他的思緒就這麼斷了，因爲桌上電話響起。秘書柔軟的聲音從話筒中傳來，有一通從巴黎來的電話，是他尚在留學中的未婚妻。

未婚妻長相平凡，也不太聰明。但是有錢的岳父還是花了大把鈔票供女兒到國外念書。只要有錢，就算是頭腦中等的傢伙，也可以靠著高價位的家庭教師、論文代筆者之類的東西，拿到不錯的學歷。他的未婚妻即是如此。

電話裡當然說了許多表達他思念的話。在能夠順利從岳父手上接管這家公司前，他下定決心要當個浪漫專情的好男人。畢竟只要腳下的階梯穩固，他就能一步步踏上寶座，如今他的甜言蜜語，不過是用來穩固那座階梯的工具罷了。

「當然，我也想妳……妳不在台北，我幾乎每天都睡不好。」他已經習慣這些謊話，而至少，這次的謊言裡有很大一部分是眞實的。他眞的睡不好，而且還說夢話呢。

未婚妻小小抱怨了一下，怪他沒有飛到巴黎探視她。「我叫爸爸給你幾天假就好了嘛！」

「別這樣，到時候大家都會說我仗著自己是董事長未來的女婿……」

她打斷，「好啦好啦！我打電話回來，不是爲了聽這些千篇一律的藉口。」花了二十分鐘好說歹說，未婚妻終於接受了他的說法，但也要他保證，過一陣子會到巴黎來探望她。他答應了。掛上電話那瞬間，左側腹部又開始微微的疼。

下班後，他特意在公司附近閒晃。難得今天沒應酬，他想讓自己喘口氣，於是隨便走進一家離公司最近的百貨公司。

雖然沒打算買任何東西，但卻在高級文具禮品的專櫃前停下腳步。知名品牌的鋼筆推出了鋼筆型的錄音筆，琥珀色的筆身和K金筆蓋看起來很符合他的身分地位。

專櫃小姐帶著甜美的笑容，非常熱誠地說明介紹著。那小姐不是笨蛋，眼前這位客人身上穿的是質料上好的訂製服，手上的腕錶也是瑞士名錶，怎麼能放過呢。

坐上計程車後，他把小小的紙袋放在膝上，黑色的小紙袋，一不留神就會忘了它的存在。他想起專櫃小姐為他結帳時的笑容，有種淡淡的感傷。那笑容不是為他，是為了他從皮夾裡掏出的信用卡。

可是，要錄點什麼呢？

身為總經理，幾乎沒什麼需要親力親為的事，

他也已經過了那種需要用錄音筆的年紀……

「高品質錄音可以直接存成MP3檔案在電腦中播放，而且可以錄三十六個鐘頭左右喔！」專櫃小姐是那麼說的。

他下車時緊緊抓住黑色小紙袋。既然買了就不要浪費，就拿來錄那個好了。反正可以長時間錄音嘛。

睡前，他仔細地閱讀了說明書，把錄音筆打開，放在床頭櫃上。雖然這麼做非常無聊，而且以他的年紀來說根本就是件蠢事，但還是這麼做了。按下床頭檯燈開關的同時，他聽到輕微的啪一聲，是燈熄滅的聲音。這個，也會被錄進去吧……

和平常沒兩樣，不管幾點睡覺，大約到了凌晨三點多就會沒來由地驚醒。這個夜晚也

不例外。

他拍拍枕頭本想再睡，但卻在重新躺回床上的前一秒停住了。他坐直身體，立起枕頭，並且打開了床頭檯燈。

錄音筆不知道有沒有錄到他的夢話。

有點興奮，他感到。於是匆匆下床，披上睡袍，拿著精巧的錄音筆走到書房，他的電腦從不關機，接上USB傳輸線後，馬上開始讀取錄音筆裡的檔案。

看著GOLDWAVE裡圖示，全長四個鐘頭左右的檔案，幾乎一開始就有高低起伏的音頻出現。一閉眼就開始說夢話了嗎？眞是。

他打開電腦喇叭，用滑鼠按下了播放鍵。

「……不要這樣……怎麼能……就這樣拋棄我……我，我現在不是一個人了……你不能這樣對待我和孩子……求求你，求你了……」女人低泣的聲音從喇叭中傳出。

他緊緊抓住椅子扶手，豆大的汗珠沿著額頭滴下，連指甲因用力過度而折斷都沒感覺到，腦海裡一片混亂。

「我有孩子了……所以就算是爲了孩子……你也不能這麼對我……你要是……要是眞

的跟她在一起，我會就死給你看……」

她是認眞的。

他倒抽一口氣，雖然沒見到屍體，但聽說她一身紅衣，塗上大紅色的唇膏，穿著紅鞋，屍體在山坡上的樹林裡足足吊了十多天才有人發現。

「想死就去呀！」

他在錄音筆裡聽到自己咆哮的聲音。冷酷無情，就像所有負心的男人一樣，他還清楚記得，他費了好大的力氣才甩開她的手。

「……寶寶，叫爸爸……對，爸爸……親愛的……我們一家三口只有晚上才能團聚……是不是很可惜……」一段空白之後，女人的聲音又開始說話，「……你想我嗎？呵呵……我永遠都會陪在你身邊的……就算只能在你身邊看看你也好……呵呵……我跟寶寶會永遠永遠永遠……在你身邊。」

緊接著，是一聲十分清晰且極度淒厲的尖叫。

不過他無法確定，這聲尖叫是錄音筆錄到的聲音，還是此刻自己發出的。他驚駭無比——

那個女人，一直都站在床邊，哄自己入睡，是吧？

後記

這是我第一篇超過五萬字的驚悚小說。小說的構想大約在一兩年前就已成形，只是一直拖拖拉拉沒動筆，偶爾想到了，也常常是跳著跳著寫。

大約一兩年前，我的朋友想要在台北市購屋，於是我也陪他去看房子。對於一般人來說，買房子可不是件容易的事，得花上一大筆錢，若是買到有問題的住宅，那眞的是欲哭無淚了。某次陪朋友看完房子，在附近的泡沫紅茶店閒聊時，就聊到凶宅，也就是《空房禁地》的靈感來源。後來，又過了一段時間，我的朋友順利買到了好房子，不久後更娶到了好老婆，從此過著幸福快樂的日子。

話題好像扯遠了。現在再回來談談《空房禁地》。雖然當時有了構想，但是我本人是那種截稿日快到時才會趕緊動筆的類型。後來，在趕稿時，我緬懷著驟逝的流行天王麥可．傑克森，聽著In the Closet什麼的，決定把之前《八號置物櫃》裡的人物沿用到《空房禁地》。

《八號置物櫃》裡的潘佳燕被我設定爲是位恐怖電影愛好者，當然，也沿用到《空房禁地》。爲了讓這個角色對恐怖電影的喜好能順利在文章中呈現，我有陣子幾乎是過著一天看三部恐怖電影的日子。當新片看完，只好找出黑白電影欣賞。就連在寫這篇後記時，我也才剛看完一九三一年上映，由貝拉·盧戈西主演的黑白片《吸血鬼德古拉》。

我深深感到，寫作果然是加強自我的好方式，同時也是沒日沒夜看電影的好理由——在寫後記的前一天，我大概看了五、六部恐怖電影，其中有三部是我很喜歡的《養鬼吃人》系列。

恐怖電影時常以凶宅爲主。在《空房禁地》裡曾經舉出許多部和凶宅有關的恐怖片，其實那都只是滄海一粟。由此可見，這樣的題材非常爲人熟悉，至少跟怪嬰還是異形題材比起來，凶宅還是稍微大眾一點。我的學生生涯都在台北市度過，因此從來沒在外租屋過。但是偶爾也會聽到朋友抱怨租屋時發生了什麼不愉快，或者租到了爛房子。據聞現在大學生租屋非常普遍，因此也決定讓主角之一的佳燕同學帶著她那數不盡的DVD到學校附近租個房子（簡單來說就是推入火坑）。

《空房禁地》的主題當然圍繞著房子。房子本身沒有什麼，問題仍出在人身上。有時候爲了滿足自己的慾望，我們不惜傷害別人。有人會覺得人不爲己天誅地滅，有的人則不這麼想。《空房禁地》裡的祐慶爲了滿足自己的貪念，捏造了在凶宅網上的文章，但卻沒想到那正是命運對他發出的警告……我不敢說《空房禁地》是恐怖小說，它應該屬於比較偏向帶有驚悚靈異成分的社會小說。它突顯了一些人性，一些黑暗面，但沒帶有什麼說教成分（這可能和作者嚴重厭惡說教系作品有關）。為了怕有些朋友不是很了解最後祐慶發生了什麼事，在此說明一下，當祐慶最後一次回到家裡，他在安妮的房裡被「黃姓屋主」附身了，我想大家這樣應該就明白了。

我相信有人會認為渠風、安妮或者心晨其實應該要能逃出生天。有這種想法的讀者一定比我善良很多。然而人生之中有時厄運並不會因為你是好人而放你一馬，更加不會因為某人作惡多端而提前降臨。我不太喜歡標準版懲奸除惡的故事，也許是因為我打從心裡認為「世界上哪有那麼好的事」。至少，在我生活周遭，壞人受到懲罰，好人得以平反，從此過著好日子的情況是一次都沒發生過。在之前的作品《惡魔的基因》發表時，就有讀者認為好人不可以死，但很抱歉，我還是不打算走賞善罰惡路線，尚祈見諒。

《空房禁地》故事裡一直環繞著身心障礙的孩子們，這是我一向都很關注的社會議題。我認為現今冷漠的社會對於有這樣壓力的家庭給予的關懷和體諒尚稱不足，特別是在態度上。尊重和理解，我想這對於養育身心障礙兒童的家庭來說，也十分重要。

現在音響正播放著麥可．傑克森的Black or White，也許和《空房禁地》一點關係都沒有，但請容我在這裡佔據一行左右的篇幅哀悼這位傳奇人物，曾經讓許多人爲之瘋狂的天才——麥可．傑克森——你是最棒的。

在此特別說明，川哥所使用的《CallMeBaby2009》和《人肉QQQ》這兩套軟體是本人虛構的，請不要當眞。附帶一提，Cherry青軸鍵盤是川哥的最愛（我個人則是喜歡JazzyKit附有大Enter鍵的機械鍵盤，可惜已經停產了）。不知道是不是個性使然，我總是不由自主地在某些故事加入比較輕鬆的角色，像是《死神遊戲》裡的奧古斯塔，還有《空房禁地》的川哥。

此外這次也附上了我的幾篇短篇作品〈夢話〉、〈飛緣魔〉和〈鰻坊主〉。其中〈夢話〉是某天早上我似乎被自己的夢話吵醒後的結晶（前一晚我好像夢到跟劉德華一起去張學友家玩）。人無法控制睡著後的自己，也無法知道進入睡眠後的自己處於什麼狀態，我認爲這點很値得探討。不過〈夢話〉篇幅很短，只是點到即止的輕鬆小品。

而〈飛緣魔〉和〈鰻坊主〉則是我用另一筆名「高野舞」在部落格上發表的作品，本來打算收錄在高野舞的恐怖口袋書《死水》中，因爲某些緣故，決定在此一併發表。〈飛緣魔〉與〈鰻坊主〉雖然借用日本氏間傳說裡的妖怪，但我仍以自己的定義重新詮釋，我希望能帶給大家各種不同的故事風格，希望您會喜歡。

如果大家對佳燕和子鴻之前發生的故事有興趣，請參閱拙作《鬼校怪談之八號置物櫃》，也是由春天出版。

最後奉勸大家在租屋時要多了解環境，請務必確認前任房客是否眞的已搬離。

鍾靈

附錄

鍾靈恐怖驚悚口袋書作品全集・春天出版

二〇〇六
《惡靈民宿》
《鬼校怪談》
《死亡營隊》

二〇〇七
《祈怨》
《鬼校怪談2》

二〇〇八
《死神遊戲》
《惡魔的基因》
《鬼校怪談之八號置物櫃》

空房禁地
THE CONDO

國家圖書館出版品預行編目資料

空房禁地／鍾靈著；——初版. ——臺北市：春天出版國際,2009.07面； 公分. ——（暗黑國度；11）

ISBN 978-986-6675-97-3（平裝）

857.7 98012763

ISBN 978-986-6675-97-3

Printed in Taiwan

暗黑國度11

空房禁地

作　　者 ◎ 鍾靈

總 編 輯 ◎ 莊宜勳

發 行 人 ◎ 蘇彥誠

出 版 者 ◎ 春天出版國際文化有限公司

地　　址 ◎ 台北市忠孝東路四段303號4樓之一

電　　話 ◎ 02-2721-9302

傳　　真 ◎ 02-2721-9674

E-mail ◎ frank.spring@msa.hinet.net

網　　址 ◎ http://www.bookspring.com.tw

部 落 格 ◎ http://blog.pixnet.net/bookspring

郵政帳號 ◎ 19705538

戶　　名 ◎ 春天出版國際文化有限公司

法律顧問 ◎ 蕭顯忠律師事務所

出版日期 ◎ 二〇〇九年八月初版一刷

定　　價 ◎ 180元

總 經 銷 ◎ 楨德圖書事業有限公司

地　　址 ◎ 台北縣新店市復興路45號3樓

電　　話 ◎ 02-2219-2839

傳　　真 ◎ 02-8667-2510

香港總代理 ◎ 一代匯集

地　　址 ◎ 九龍旺角塘尾道64號 龍駒企業大廈10 B&D室

電　　話 ◎ 852-2783-8102

傳　　真 ◎ 852-2396-0050

排　　版 ◎ 浩瀚電腦排版股份有限公司

印 刷 所 ◎ 鴻霖印刷傳媒事業有限公司